사냥개 탐정

사냥개 탐정

猟犬探偵

이나미 이쓰라 지음 · 신정원 옮김

손안의책

|목차|

돌아가신 아버지

이사무[勇]에게

猟犬探偵

수르랑, 따라랑

1

선달에 접어든 산속은 온통 냉기로 뒤덮여 있었다. 무릎 너머까지 올라오는 마른 풀들이 머금은 아침 이슬로 다리가 축축해졌다. 조는 내 앞에서 걸으며 이미 냄새를 쫓는 일에 몰두하고 있었다.

우리는 고지로라는 이름의 개를 찾는 중이었다. 덩치가 큰 짐승을 사냥할 때 부리는 아키타계 일본 개다. 총을 맞고 도망친 멧돼지를 쫓아갔다가 그 길로 돌아오지 않았다. 오늘로 사흘째다. 만일 숨이 붙어 있다 하더라도 오늘 안으로 찾아내지 못한다면 목숨을 건질 수 없다.

교토[京都] 부 소라쿠[相楽] 군에 있는 깊은 산에 와 있다. 멧돼지가 많은 곳이다. 그저께, 이 지역의 멧돼지 사냥 리더인 시라카와가 이끄는 그룹이 새끼 딸린 멧돼지를 노렸다. 시라카와가 눈대중으로 가늠하기로는 수십 킬로그램은 나갈 법한 멧돼지로, 이렇게 큰 놈을 보는 것도 오랜만이었다. 베테랑 사냥꾼 몇 명이 목을 잡고, 시라카와는 사냥개 일곱 마리를 차례로 하나씩 내보내며 멧돼지가 자는 곳을 덮치게 했다. 비자나무가 밀집해 있는 보금자리에서 시커먼 덩어리가 기세 좋게 뛰쳐나왔다. 시라카와는 두 발을 쏘았다. 거대한 멧돼지는 첫 번째 목을 지나 도망쳤다. 몇 명이 더 발포했다.

어미보다 조금 늦게 새끼 멧돼지 네 마리가 튀어나왔지만, 그 자리에서 전부 총을 맞고 쓰러졌다. 그러나 어미는 도망쳤다. 사냥개들은 어미를 쫓아 자취를 감추었다. 방울방울 피가 떨어져 있는 걸 보면 멧돼지가 총에 맞은 건 분명했으나, 탄환이 급소를 비껴간 것 같았다. 어지간히 터프하고 노련한 놈이다. 얼마 지나지 않아 멧돼지도 사냥개도 멀리 사라졌고, 사람의 힘으로는 쫓아갈 수 없게 되었다.

사냥꾼들은 언제나 그랬듯 모닥불을 피우고 기다렸다. 이럴 때는 기다리는 것 외에는 방법이 없다. 날이 저물기 시작할 무렵부터 사냥개가 한 마리씩 돌아왔다. 어느 개건 상처를 입은 상태였다. 사냥개들은 거대한 멧돼지를 쫓아가 어딘가에서 일제히 덮친 모양이었다. 그러나 멧돼지는 싸움에 익숙한 강자였을 것이다.

사냥개들은 멧돼지 이빨에 살이 찢기고, 걷어차이고, 짓밟힌 모습이었다. 개들은 멧돼지를 정면에서 덮치고, 뒷다리를 물어뜯고, 오른쪽으로 돌아 왼쪽에서 공격하고, 목덜미에 맹렬히 덤벼들었다가, 또 잽싸게 뒤로 물러나는 식으로 싸운다.

그러나 개들은 졌다. 모닥불이 있는 쪽으로 돌아온 개들은, 정도의 차이는 있을지언정 하나같이 멧돼지에게 당했다. 개중에는 배가 찢어진 바람에 창자가 비어져 나와 있는 녀석도 있었다. 사냥꾼들은 그 자리에서 갈고랑이를 바늘 삼아 개의 배를 꿰맸다.

사냥개들의 리더 노릇을 했던 고지로만 돌아오지 않았다. 날은 완전히 저물었다. 남자들은 불을 껐고, 시라카와는 자신이 입고 있던 옷을 하나 벗어 모닥불 자리에 펼쳐 두었다. 겨우 다시 돌아온 개가 주인의 냄새가 나는 옷 위에서 자며 아침을 맞이할 수 있도록 하기 위해서였다.

다음 날 시라카와는 모닥불을 피웠던 곳에 다시 가보았다. 그러나 고지로의 모습은 보이지 않았다. 여기서 잤으리라 짐작되는 흔적도 없었다. 멧돼지와 싸우면서 깊은 상처를 입고 어딘가에 쓰러져 있는지, 아니면 죽고 만 것인지…….

고지로는 인근에 소문난 멧돼지 사냥의 명견이다. 지금까지 40마리도 더 넘는 멧돼지를 끌어내 잡은 전적이 있다. 고지로를 탐내어 자기에게 팔라고 돈을 내미는 사냥꾼들도 많았으며, 작년에는 저 멀리 시코쿠[四国]에 사는 사람이 3백만 엔에 고지로를 사겠다고 한 적도 있었다. 시라카와는 거들떠보지도 않은 채 거절하고 또 거절했다.

그 고지로를 찾아달라며 시라카와가 의뢰한 게 어제 오후의 일이었다. 돌아오지 않은 지 24시간은 족히 지나 있었다. 어제는 잠깐 비가 내렸다. 고지로가 어떤 상태에 놓여 있든, 물론 아직 살아 있다는 전제하의 이야기이지만, 목숨이 붙어 있을 때 찾아내려면 오늘이 한계이겠다고 생각했다.

시라카와는 고지로가 깔고 자는 다 떨어진 천을 가져왔다. 조에게 추적하고자 하는 개의 냄새를 기억하게 한 후 이른 아침부터 산에 올랐다. 멧돼지와 개가 사라졌다던 방향을 한나절 동안 수색했다.

아까부터 코를 벌름거리며 냄새를 맡던 조는 땅바닥에 코를 대고 킁킁대다가 드디어 무언가를 쫓기 시작했다.

나는 펌프 액션 산탄총을 등에서 내리고, 라이플드 슬러그(rifled slug)[1] 두 발과 더블오 벅샷(00 buckshot)[2]을 채웠다. 한야[半矢]란 보통 총을 설맞은 조류를 가리키는 사냥 용어이지만, 어쨌든 한야 상태의

---

1) 멧돼지나 곰 같은 큰 짐승을 잡는 데 쓰이며, 회적이 먹히도록 그 옆면에 나선 모양의 산을 새겨 놓은 산탄.
2) 산탄총에서 발사되는 산탄의 일종으로 쇠구슬이 9개 들어가는 대표적인 전투형 산탄.

짐승은 위험하다. 갑자기 습격해 오면, 먼저 벅샷을 날려 기선 제압을 한 다음 라이플드 슬러그로 숨통을 끊어놓을 생각이었다.

수풀 속으로 들어간 조가 낮은 소리로 한 번 울었다. 고지로를 발견한 것이다.

커다란 몸집의 개가 풀숲 안에 웅크리고 있었다. 개는 올무에 걸려든 상태였고, 철사가 몸뚱이를 옭아매고 있었다. 녹이 슨 철사를 묶어 둔 나무를 중심으로, 반지름 2미터 정도에 이르는 공간이 발로 밟아 고른 듯 죄다 판판해져 있었다.

개는 짖지도 않고, 눈을 치뜨고서 나를 보았다. 나는 개에게 섣불리 다가가지 않았다. 큰 짐승을 사냥하는 개는 기질이 난폭한 경우가 많다.

몇 년 전에 이런 일이 있었다. 사냥터에서 점심을 먹을 때, 휴식 중인 개에게 도시락에 든 삶은 달걀을 주려던 어느 사냥꾼이 별안간 코를 물어뜯긴 것이다. 몇 번이나 사냥을 함께한 개에게 말이다. 그 후 그 사냥꾼은 이지러진 고기 완자 같은 모양의 코를 달고 사냥을 계속하고 있다.

이처럼 멧돼지 사냥개는 사람을 따르지 않으며 자존심이 높다. 하물며 지금은 신경이 곤두서 있는 상태다. 경솔하게 만져서는 안 된다.

올무의 철사는 단단하기 때문에 나이프의 칼날이 먹혀들지 않는다. 나는 온화한 목소리로 개에게 말을 걸면서 사냥칼로 올무가 걸려 있는 나무를 힘껏 내리쳐가며 베었다. 철사 끄트머리를 들고 개에게 말했다.

"고지로, 잘 참았구나. 자, 일어서보자. 기운 내서 걸어보렴."

개를 일으켜 세웠다.

올무의 철사가 다 제거되지 않은 고지로를 데리고 산에서 내려왔다. 뒤쪽에서 조가 경호하듯 따라왔다. 고지로는 체력을 다 소진한 모양이었지만, 겉으로 보기에 피는 흘리지 않았다. 두 시간 정도 천천히 걸어 차를 세워둔 곳에 도착했다.

먼저 물통에 담긴 미지근한 차를 먹였다. 고지로는 싹싹 핥아서 전부 마셨다. 지금은 먹을 것을 줘도 먹지 않을 것이다. 붙임성 좋은 서양 품종의 개와 달리, 멧돼지 사냥을 하는 일본 개들 중에는 주인이 주는 것 아니면 스스로 사냥한 것 외에는 먹지 않는 개들이 있다.

고지로를 차의 짐칸에 실었다. 도구 상자에서 펜치를 꺼내 고지로의 몸뚱이에 파고든 철사를 잘라냈다. 차를 몰고 돌아왔다.

나는 고지로의 뛰어난 자질에 깊이 감탄했다. 올무에 걸린 짐승은 도망칠 생각에 무턱대고 몸부림친다. 철사나 덫의 날이 몸에 파고들어 다리 한쪽이 절단되거나, 복부가 반쯤 찢어지기도 한다. 그러다 죽는 경우도 많다.

고지로는 올무에 걸렸다는 것을 깨닫고, 현명하게도 헛된 발버둥 따위는 치지 않았다. 철사 길이가 허용하는 범위 내에서 걸으며 풀과 털에 묻은 수분을 핥았다. 잠깐 비가 내렸던 게 다행이었다. 적어도 수분은 섭취했다. 쓸데없이 체력을 낭비하지 않고서 구조되기를 기다렸던 것이다. 해야 할 일들을 한 덕분에 살 수 있었다.

나는 시내까지 간 후, 자동차전화로 시라카와에게 전화했다.

"고지로를 찾았습니다."

시라카와가 느낀 놀라움과 기쁨, 그리고 불안함이 전화기를 통해 전달되어 왔다.

"그래서, 살아 있던가?"

"올무에 걸려들고 말았지만, 잘 참고 있더군요. 기력이 떨어져 있기는 해도 별 탈은 없습니다."

시라카와가 안도하는 모습이 눈에 선했다.

"다행이야! 찾아줘서 정말 고맙네!"

2

호쿠세쓰[北摂]의 노세[能勢]에 자리한 3만5천 평의 산림 속에 있는 우리 집에 도착했다. 사람들은 이 건물을 가리켜 마치 요새 같다고들 말한다. 목조 전봇대 폐자재를 쌓아 올려 지은, 튼튼한 헛간처럼 생긴 통나무집인데, 그 뒤쪽으로는 나중에 증축한 콘크리트 상자 같은 무뚝뚝한 건물이 붙어 있는 모양새다.

집 앞에는 거대한 종가시나무가 서 있고, 입구에는 〈류몬 사냥개 탐정사[竜門猟犬探偵舎]〉라고 커다랗게 적은, 마치 도장 간판 같은 문패가 걸려 있다.

먼저 캔 맥주를 조와 나누어 마셨다. 맥주를 마시면서 자동응답기에 녹음된 부재중 메시지를 들었다.

"가네마키라고 합니다. 상담하고 싶은 일이 있어 찾아뵙고 싶습니다……."

모르는 이름에다 처음 듣는 목소리였다. 나는 가네마키라는 사람이 남긴 번호로 전화하여, 내일 여기서 만나기로 하고 약속 시간을 정했다. 오사카[大阪] 부의 북서쪽 끄트머리에 있는 산속의 우리 집에 오려면, 어디서 출발하든 장거리 드라이브를 각오해야 한다.

이른 아침부터 교토의 산속을 걸었더니, 나도 조도 지쳤다. 오늘은 사람과 그만 만나고 싶었다. 생김새가 늑대와 비슷한 조도 바닥에 몸을 길게 누이고, 쭉 뻗은 앞발에 고개를 묻고 졸기 시작했다.

집으로 돌아오는 길의 어느 동네에서 주인인 시라카와와 만나, 구조한 사냥개 고지로를 넘겨주었다. 포드에서 출시한 픽업트럭을 타고 하늘을 날 기세로 달려온 시라카와는 치켜 올라간 날카로운 눈과 야무진 입매에서 강한 성격의 소유자임이 드러나는 사람이었다. 짐승 사냥꾼의 우두머리다운 위압감이 느껴지는 얼굴 생김새였다. 고지로는 주인을 보고도 살갑게 달려들지 않았으며, 꼬리를 살짝 흔들었을 뿐이었다. 시라카와는 고지로의 몸을 샅샅이 살폈다. 역시 몇 군데 찢기거나 베인 데가 있었으나, 다행히 상처가 얕았다. 멧돼지의 이빨을 아슬아슬하게 피하면서 싸웠으리라.

시라카와는 출발하면서 챙겨 온 40만 엔짜리 수표를 주었다. 수색 의뢰를 수락할 때의 착수금 10만 엔은 이미 받았다. 개를 찾아내면 10만 엔, 거기에다 산 채로 데리고 돌아오면 30만 엔을 더 받는데, 이는 내가 매겨놓은 소정의 금액이다. 시라카와는 약소하다는 말과 함께 얼마간의 현금을 따로 넣은 봉투를 주려고 했으나, 언제나 그러하듯 거절했다.

"침착하고, 훌륭한 개이더군요."

나는 고지로를 칭찬하며 한마디 했다.

시라카와는 험상궂게 생긴 얼굴로 환하게 웃었다.

"자네 개도 그렇더군."

시라카와는 그렇게 말하고 돌아갔다.

다음 날, 약속했던 시간에 남자가 찾아왔다. 전화 목소리를 통해 받은 인상보다 더 어렸으며, 수염을 덥수룩하게 기르고 고집 세게 생긴 서른 안팎의 남자였다. 텔레비전 광고와 단편영화 등을 만든다고 했다. 이야기가 길어질 텐데, 끝까지 들어주었으면 좋겠다고 하고는 차근차근 이야기하기 시작했다.

가네마키라는 성을 쓰는 그 남자는 현재 도쿄에 거주 중이며, 도쿄의 어느 제작 프로덕션에서 일하고 있으나 주요 거래처인 광고 대행사의 요청으로 이쪽에 내려와 있다고 했다. 내년 크리스마스와 겨울방학 시즌에 맞춰 개봉할 〈성야(聖夜) 이야기〉라는 제목의 영화를 기획하고 각본까지 썼으며, 처음으로 극영화를 연출하기 위해 오게 된 것이었다.

닷새 전 아침에 있었던 일이다. 대형 광고 대행사인 덴토의 영업국장과 덴토의 계열사이자 제작사인 덴토프로덕션의 영업부장, 그리고 젊은 영업사원과 함께 〈기타 동물 랜드〉를 찾았다. 동물원 바깥에 마련된 주차장에 차를 세운 다음, 네 사람은 5, 600미터 앞에 있는 기타[北] 가(家)의 저택을 향해 걸어갔다.

저택으로 향하는 길 양쪽은 철망 우리가 좌우로 펼쳐진 작은 동물원이었다. 여러 종류의 새들이 철망 안에서 사육되고 있었다. 초식동물 우리가 보였다. 종업원처럼 보이는 몇몇 사람들이 작업복을 입고 청소를 하거나 동물에게 먹이를 주며 일하고 있었다.

가네마키는 그때, 희미하게 피리 소리를 들은 듯한 기분이 들었다. 얼마 지나지 않아 오늘 방문의 목표인 순록 우리가 보이기 시작했다. 우리 안에 순록 일곱 마리가 있었다. 갈색 털에 커다란 몸집, 기다란 뿔을 기른 순록 일곱 마리는 검은빛을 띤 얼굴을 일제히 들고 남자들을 보았다.

"왠지 추레한 동물이로군."

국장이 말했다. 심기가 불편한 듯했다. 본인 정도의 지위를 가진 인간이 아침 일찍부터 몸소 행차한다는 게 얼마나 이례적인 일인지, 주위에 과시하고 싶은 것이다.

"생각했던 것보다 볼품이 없는데요."

덴토프로덕션의 영업부장이 맞장구를 쳤다.

일곱 마리의 순록이 있는 우리에 가려져 있던 또 하나의 자그마한 철망이 보였다. 먼저 눈에 들어온 건 어린아이였다. 아이 하나가 쪼그리고 앉아 오카리나를 불고 있었다. 짙은 감색의 더플코트를 입고 빨간 털실로 짠 모자를 쓰고 있었다. 모자 꼭대기에 퍼프처럼 생긴 동그란 방울이 달려 있었다.

지나는 길에 덴토프로덕션의 젊은 영업사원이 말을 걸었다.

"안녕, 고유키……. 춥지?"

아이는 이쪽을 힐끔 보더니, 살짝 끄덕이고는 다시 오카리나를 불었다. 철망 안에 순록 한 마리가 있었다. 커다란 우리 쪽에 있는 일곱 마리와 비교하면 눈에 띄게 몸집이 작았다. 털로 뒤덮인 뿔도 가늘고 짧았다.

"고유키? 여자아이인가?"

덴토 국장이 걸어가며 물었다.

"아뇨, 남자아이입니다. 기타 가의 넷째 도련님이죠."

덴토프로덕션의 영업사원이 작은 소리로 대답했다.

가네마키는 고유키라는 소년이 부는 오카리나 소리가 겨울 아침의 말간 공기와 무척 잘 어울린다는 생각을 했다.

기타 가는 미국 남부에나 있을 법한 호화로운 저택 같은 구조의, 어딘가 위압적인 구석이 있는 커다란 건물에 살고 있었다. 덴토프로덕션의 영업사원은 전에도 와본 적이 있는지 건물 옆쪽으로 돌아가서 문을 두드렸다.

여자가 밝게 웃는 얼굴로 손을 닦으며 나타났다. 네 사람은 안내를 받아 큼직한 다이닝 키친에 들어섰다. 방 안의 중앙에 있는 난로와 부엌에서는 김이 모락모락 오르고 있었고, 차게 식은 몸은 눈 깜짝할 새에 녹아내리는 것 같았다. 덴토의 국장은 안내된 곳이 응접실이 아니라는 사실에 불만인 듯했으나, 가네마키는 이 따뜻한 공간이 고맙게 느껴졌다.

보동보동한 얼굴의 여자를, 가네마키는 자신과 비슷한 연령대일 거라고 생각했다. 왜 그런지 콕 집어 말하기는 힘들지만, 여자에게는 엄마라는 존재가 풍기는 분위기가 감돌았다. 넉넉하고 따뜻한 자상함이 느껴졌기 때문이다. 머리도 고무줄로 질끈 동여매어 하나로 묶었을 뿐, 이른 아침부터 부지런히 움직이고 있다는 것을 한눈에 알 수 있었다. 가네마키는 방금 씻은 과일을 떠올렸다.

예전에 몇 차례 방문한 적이 있는 덴토프로덕션의 영업사원이 소개 역할을 맡았다.

"기타 씨의 아내 되시는 분입니다."

가네마키는 깜짝 놀랐다. 기타는 50대 중반에 접어든 남자였기 때문이다.

"에미라고 해요."

하고 여자는 인사했다. 에미는 네 사람에게 뜨거운 커피를 내왔다.

더없이 고마웠다. 가네마키는 쓰고 진한 커피에 우유도 설탕도 넣지 않고 마셨다.

기타 조켄이 나타났다. 덴토프로덕션의 영업사원이 덴토의 국장을 소개했다. 국장은 조금 전까지 짓고 있던 언짢다는 표정을 단번에 싹 지웠다. 기름이 껴 번들거리는 얼굴에 간살부리는 웃음을 가득 띠며 인사했다. 기타 조켄은 사파리 풍의 모래색 상하의에다 가죽조끼를 입었고, 승마화처럼 생긴 장화를 신고 있었다. 이유는 알 수 없으나 손에 채찍을 들고 있었다.

가네마키 또한 덴토프로덕션의 영업사원 소개로 인사를 하기는 했으나, 기타는 고개만 끄덕였을 뿐 가네마키를 쳐다보지도 않았다. 〈성야 이야기〉는 덴토와 기타 동물 랜드가 공동으로 제작하는 영화다. 이날 아침은 업무용 미팅이라기보다는 관계자들끼리 처음으로 대면하는 정도의 자리였으므로, 오히려 덴토 쪽에서 예를 갖추어 방문하는 게 목적인 것 같았다. 가네마키는 화제의 바깥으로 밀려나 있었다.

부엌 쪽에 있는 자그마한 출입구를 통해 고유키가 소리도 없이 들어왔다. 아무도 거들떠보지 않았다. 에미는 서둘러 다가가 고유키의 코트를 벗기고, 고유키의 손을 자기 두 손바닥 사이에 품고 비볐다. 얼어붙은 고유키의 손을 따뜻하게 해주려는 것이리라.

방 한구석에 놓인 작은 테이블 쪽에 고유키를 앉히고는 재빨리 음식을 만들어 밥을 먹였다. 에미는 소곤거리며 무어라 이야기를 했고, 고유키는 두세 마디 정도로 대답했다. 두 사람 사이에는 모자지간의 지극히 평범한 정이 흐르고 있었다.

커다란 몸집의 남자가 방 정면에 나 있는 문으로 들어왔다. 서른쯤 되었을까. 기타와 똑 닮아서 아들이라는 것을 금세 알 수 있었다. 제 아버지와 마찬가지로 장화를 신고 채찍을 든 차림새였다. 손님들에게 목례한 다음 기타의 귓가에다 뭔가를 고했다.

"거절해. 값을 깎지 마."

기타가 말했다. 젊은 남자는 고개를 끄덕인 뒤 나갔다.

"아드님이신가 봅니다."

국장이 말했다.

"장남입니다."

기타가 대답했다.

"듬직한 아드님을 두셔서 마음 놓이시겠습니다."

국장이 입에 발린 말을 하며 치켜세웠다.

"제구실하려면 아직 멀었소."

말은 그렇게 하면서도, 기타는 영 듣기 싫지는 않은 모양이었다. 국장이 아부하듯 말했다.

"아드님도 승마를 하십니까?"

"말을 타는 것도 업무의 일환이오. 장남부터 셋째까지는 모두 말을 타지. 모름지기 남자라면 활을 쏘고 말을 탈 줄 알아야 한다는 게 내 신조입니다."

"활을 쏜다고요?"

국장이 의아하다는 얼굴로 되물었다.

"그렇소. 남자는 원래 활과 화살로 살아 움직이는 것들을 쏴서 잡으며 살아왔습니다. 그래서 철들기 시작할 무렵부터 말에 태웠습니다. 말에서 떨어지면, 곧바로 다시 올라타야 하고. 그때 타지 못했던 남자는 평생 두 번 다시 말에 타지 못합니다. 그렇게 되면 남자로서는 실격입니다."

가네마키는 어디선가 들었던 말이라고 생각했다. 문득 고유키는 어떨지 궁금해져 슬며시 눈길을 주었다. 테이블 의자의 등에 숨은 듯이 몸을 낮춘 채 토스트를 먹고 있는 고유키는 아버지의 목소리가 들리지 않는 듯 무표정했다. 기분 탓인지, 에미 쪽이 오히려 마음을 졸이며 안절부절못하고 있는 것처럼 보였다. 아버지인 기타는 이 막내아들을 무시하고, 고유키는 아버지에게 다가가려 하지 않는 듯이 보였다. 이 아이는 분명 말을 타지 못할 것이다. 가네마키는 직감했다.

"그러니까, 순록은 일곱 마리밖에 못 쓴다고 했잖습니까."

기타가 날카롭게 소리를 질렀다. 기획에서 경합을 벌여 이 영화 제작 건을 따낸 가네마키의 각본은, 산타클로스의 썰매를 끄는 순록을 주축으로 한 동물 영화 풍의 러브 로맨스였다. 기타는 이 작품이 '구토를 유발하는, 여자와 아이들을 위한 스토리'라 여기고 있었다.

기타 동물 랜드와 합작하는 영화인 만큼, 당연히 이곳에서 사육하는 순록을 주연으로 삼을 예정이었다. 산타클로스의 썰매를 끄는 순록은 여덟 마리다. 그러나 올봄에 태어난 순록은 선천적으로 허약했고, 체구도 작았다.

'수르랑'이라는 이름이 붙은 이 순록은 얼마 전 오른쪽 앞다리에 골절상을 당했다. 거기다 파상풍까지 걸리는 바람에 다른 일곱 마리와는 격리되는 조치를 당했다. 고유키가 오카리나를 불어주던 게 바로 수르랑일 것이다.

"알겠습니다. 한 마리는 다른 데서 조달하도록 하겠습니다."

덴토프로덕션의 영업사원이 당황하여 말했다.

"자네, 무슨 말인지 아직도 모르는구먼."

기타가 짜증난다는 표정으로 말했다.

"동물을 써서 영화를 찍으려면 주연과 닮은 놈으로 골라서 적어도 다섯 배는 준비해야 한다고. 그 정도는 상식 아닌가."

기타는 이렇게 말했다.

기타 조켄은 2년 전에 강아지 한 마리를 주연으로 하여 아이들을 겨냥한 여름방학용 영화를 제작했고, 크게 히트 쳤다. 그때는 덴토가 나서지도 않았고, 제작 또한 가네마키가 소속되어 있는 프로덕션에서도 하지 않았다.

그때 그 영화를 찍으면서 강아지를 수십 마리도 넘게 죽였다고 한다. 폭염이 쏟아지는 와중에 들판을 달리게 하고, 초겨울에 강을 헤엄치게 하여서 강아지들은 죽고 또 죽었다. 광고 관계자들 사이에서는 모르는 사람이 없는 사실이었다.

이와 같은 종류의 일은 정도의 차이는 있을지라도 어떤 경우에나 있다. 가네마키의 프로덕션에서도 이런 일이 있었다. 매년 상을 받는 어느 연출가가 고양이를 데리고 광고를 찍었다. 집에서 기르는 고양이의 눈으로 바라본 주인의 생활을 묘사한 광고였다. 주인은 고양이가 올라앉는 무릎이나 방석을 베고 선잠을 자는 모습 일부분이 등장할 뿐, 얼굴은 나오지 않는다. 두말할 나위도 없이 나쓰메 소세키[夏目漱石] 소설의 구샤미 선생[3]을 본뜬 것이다.

촬영을 위해 다른 사람이 실제로 기르고 있던 고양이를 빌려 왔는데, 당연하게도 뜻대로 움직여주지 않았다. 광고 촬영은 통상 한 컷을

---

3) 나쓰메 소세키의 장편소설 〈나는 고양이로소이다〉에 등장하는 인물로, 중학교 영어 교사이면서 고양이를 기르는 진노 구샤미를 가리킨다.

찍는 데 몇 시간이나 걸린다. 강한 조명 아래서 얌전히 참고 있을 고양이는 세상 어디에도 없다. 결국, 신경 안정제와 수면제를 쓰게 된다.

이렇게 하여 촬영을 종료한 다음 날, 고양이가 죽었다. 주인이 거세게 항의하며 프로덕션으로 쳐들어왔다. 동물 모델 에이전시에 소속된 고양이가 아니라, 여느 평범한 동네에서 예쁘게 생긴 고양이를 발견한 후 주인에게 엎드려 빌다시피 하여 겨우 빌린 고양이었다. 프로덕션의 프로듀서는 돈을 싸들고 가서 손이야 발이야 빌었다. 고양이 주인은, 고양이에게 장례식도 치러주었다. 프로듀서는 검은 완장을 두르고 장례식에 참석했다.

스튜디오 세트에서 촬영하는 광고조차 사정이 이러하다. 하물며 장편 극영화라면, 주인공 한 마리를 위해 수많은 대역이 희생을 치르게 되는 건 상식이었다.

가네마키는 예전부터 이 기타 조켄이라고 하는 인물을 혐오하고 있었다. 세상은 그를 동물 애호의 대표자라 여기고 있고, 또 당사자도 그렇게 행세하고는 있지만, 당치도 않은 위선이라고 생각했다.

제아무리 많은 동물을 키우고 있다 한들, 바로 그 동물로 돈을 벌어들이는 이상 그건 동물 애호와는 동떨어진 행위라 믿었다.

가네마키는 이 사내가 텔레비전에 나와 보여주는 행동에서도 위선의 일부가 드러난다고 생각했다. 이를테면 기르는 개와 입을 맞추고, 침을 핥아주는 식이다. 가네마키는 그게 무척이나 섬뜩했다.

기타는 이런 식으로 행동하며 본인이 개와 더불어 살아가고 있음을 보여주고자 하는 것이겠으나 이상한 건 사실이다. 가네마키도 동물은 좋아한다. 남들이 말하는 애완동물에는 관심이 없지만, 대형견은 키우고 싶다. 하지만 개는 개다. 개가 흘린 침을 제 혀로 핥아주는 행위의 비위생적인 면은 그렇다 치더라도, 사람과 개 사이의 구분은 확연히 존재한다고 생각한다. 그리고 개는 집 안에서 기르라고 있는 게 아니다. 네 발로 흙을 디디며 살게 해야 하는 것이다.

개는 사람의 종자가 아니라 친구라는 식의 감상적인 표현은, 귀에는 듣기 좋으나 가볍고 깊이도 얕다. 물론 생명의 경중을 논하자는 건 아니다.

“다친 순록은 어떻게 하실 작정이십니까?”

덴토프로덕션의 영업사원이 물었다. 기타는 쌀쌀맞게 말했다.

“살처분.”

3

다음 날 아침, 가네마키는 혼자서 기타 동물 랜드에 갔다. 고유키와 에미가 신경 쓰여 견딜 수가 없었다. 타고 온 고물 자동차에서 내린 다음 어제 왔던 길을 걸었다. 고유키가 이쪽으로 오는 게 보였다. 힘없이 느릿느릿 걷는 느낌이었고, 발을 조금 끄는 것 같았다.

“안녕.”

가네마키는 그 자리에 멈추어 서서 고유키를 맞이했다. 고유키가 입속말로 인사를 한 듯 보였다. 가네마키는 가던 방향을 바꿔 고유키와 나란히 걸어 순록 우리 쪽으로 갔다. 고유키가 양손으로 뭔가를 감싼 채 문지르고 있었다. 오카리나였다.

“어제 여기 왔던 사람이야. 가네마키라고 해.”

알고 있다는 듯 고유키는 고개를 끄덕였다.

고유키는 어제와 마찬가지로 수르랑 앞에 쪼그리고 앉았다. 가네마키도 고유키를 따라 쪼그리고 앉았다.

“오카리나를 왜 문지르는 거야?”

“데우려고.”

고유키가 처음으로 또렷하게 말문을 열었다.

“데운다고? 왜?”

“추우면 오카리나 소리가 낮아지거든요.”

고유키는 비둘기처럼 생긴 오카리나의 머리 쪽 구멍에 입을 갖다 대고 불기 시작했다. 바람을 닮은 오카리나의 음색에 도취되어, 가네마키는 홀린 듯 잠자코 들었다.

연주를 끝낸 고유키에게 물었다.

“무슨 곡이야?”

“숲 속을 걷다.”

고유키가 대답했다.

“어째서 순록에게 오카리나를 연주해주는 거지?”

“수르랑은 오카리나를 좋아해요.”

“그렇구나……. 그런데 이름 말이야, 수르랑은 무슨 뜻이야?”

“얘 목에 달린 방울이, 걸을 때 수르랑, 따라랑 하는 소리를 내요.”

가네마키는 고유키에게 매료되었다.

“에미 씨, 아니 어머니를 좀 뵙고 싶은데…….”

고유키는 고개를 끄덕이고는 일어서서 집 쪽으로 걸어갔다.

"어제 봤는데, 어머니가 마치 오카리나를 데우듯 네 손을 데워주신 거지?"

기분 탓인지, 고유키의 얼굴이 조금 붉어진 것 같았다.

고유키는 부엌 쪽으로 난 작은 문으로 들어갔다. 따뜻한 다이닝 키친이 가네마키를 맞이했다. 에미의 얼굴이 환한 웃음으로 뒤덮였다.

"가네마키 씨래."

고유키가 말했다. 앞치마를 두른 에미가 말했다.

"편히 앉으세요. 부엌으로 모셔서 죄송해요."

에미는 어제 그랬던 것처럼 고유키를 두루두루 보살피면서 뜨거운 커피를 내주었다.

"우유와 설탕 둘 다 넣지 않으시죠?"

가네마키는 깜짝 놀라 에미를 보았다. 어제, 그렇게나 바쁜 와중에도 가네마키의 행동을 기억하고 있었던 것이다. 자신을 기억해줬다는 게 기뻤다.

에미는 구석에 있는 테이블에서 고유키에게 아침 식사를 먹였다. 달걀도 샐러드도 남기지 말고 다 먹어야 해, 같은 말들을 다정한 목소리로 건넸다. 어딜 가도 볼 수 있을 법한 광경이지만, 가네마키는 그간 잊고 있었던 그리운 무엇이 떠올랐다.

고유키는 식사를 마친 다음 오카리나를 가지고 다시 밖으로 나갔다. 고유키의 등을 바라보며 에미가 말했다.

"멀리 가면 안 돼."

가네마키는 혼자 남은 에미에게 물었다.

"에미 씨 이름은 어떤 한자를 쓰십니까?"

"웃다[笑う]라고 할 때의 소(笑)예요. 외자로 쓴답니다."

"에미 씨에게 딱 맞는 이름이네요."

에미[笑]는 웃으며 말했다.

"다들 그렇다고 하더라고요."

"이틀 연속으로 찾아와서 좀 민망하지만, 여쭙고 싶은 게 있어서 찾아뵈었습니다."

"네, 그러셔요."

"수르랑이라고 하는 순록을 살처분한다고 들었는데, 고유키도 알고 있나요?"

"어제 자리에서 그 아이도 들었을 거예요. 아무 말도 안 하지만요."

"고유키는 그 순록을 특히 예뻐하는 것 같던데요……."

"네, 맞아요. 선천적으로 몸이 약하기도 하고 다리도 불편하니, 자기와 닮은꼴이라고 여기는 게 아닌가 싶어요."

"아버지에게 항의하지는 않고요?"

"그 아이는, 제 아버지와는 말을 하지 않아요."

주제넘은 일이라고 생각은 하면서도, 물어보지 않을 수 없었다.

"어째서죠?"

에미는 대답하길 꺼렸다.

"이런 자리에서 그런 이야기를 하는 건……."

"죄송합니다……. 저는 고유키가 마음에 걸려서요……."

"그 아이가 어떻게 받아들였을지, 저도 그 부분이……."

"그나저나 고유키 이름 말인데요, 좋은 이름이긴 하지만 그래도 보통은 여자아이한테 지어주는 이름 아닌가요?"

에미는 미소 지었다.

"그 아이를 낳은 분이, 네 번째로 배 속에 품은 아이는 여자아이라고 믿었었나 봐요. 딸이 갖고 싶어서 견딜 수가 없었대요. 낳기 전부터 아이 이름도 고유키라고 미리 정해두었을 정도로요. 마흔을 넘겨 한 임신이라 난산 끝에 겨우 낳았지만 정작 당신은 세상을 뜨고 말았지요. 돌아가시기 직전에, 태어난 아이에게 고유키라는 이름을 지어 주도록 거듭 당부하고 숨을 거두셨어요."

가네마키는 미련이 남은 채 자리를 떴다. 그날 오후, 그는 덴토프로덕션에 불려갔다. 재작년에 강아지 영화를 제작할 때 감독을 맡았던 자에게 〈성야 이야기〉 연출이 돌아가게 되었다는 통보를 받았다. 돈만 잔뜩 쏟아부은, 시답잖은 대작 영화를 몇 편이나 찍은 상업 감독이다. 기타 조켄의 말 한마디로 결정 난 사안이라고 했다.

"약속이 다르잖아."

가네마키는 몹시 화가 나서 말했다.

"감독을 하게 해준다는 조건으로 제작 기획을 의뢰했을 텐데."

"그건 당신네 프로덕션 내부에서나 할 수 있는 이야기지. 분명히 말하겠는데, 경험도 없는 사람에게 이런 대작을 맡길 수는 없어. 다만 당신이 들인 노력은 인정하지. 감독을 보좌하는 역할로 영화 촬영에 참여하도록 해."

"거절하겠어."

가네마키는 말했다.

"보좌라니, 그건 뭐야? 조감독 얘기인가? 조감독한테는 허드렛일이나 떨어지잖아. 영화감독은 단 한 사람뿐이란 말이야."

"거절? 그런 말을 입에 올릴 처지야?"

덴토프로덕션의 영업사원은 얼굴을 붉히며 말했다.

"회사 입장에서는 사활이 걸린 문제가 된다고. 알겠어?"

"그건 내 알 바 아니지."

가네마키는 앉은자리에서 사표를 쓰고는, 7년 동안 근무한 회사를 그만두었다. 북받치는 분노를 억누르며, 아파트 한구석에서 화를 삭이고 있었다. 전화벨이 끊임없이 울려댔다. 꾸물거리며 수화기를 들었다.

"에미예요."

다급함이 서려 있는 목소리였다.

"저희 집 전화번호는 어떻게 아셨죠?"

"덴토프로덕션에 계신 분에게 여쭤봤어요."

"그러셨군요. 무슨 일 있으십니까?"

"고유키가……, 고유키가 없어졌어요. 수르랑을 데리고 사라져버렸어요……."

에미는 평정을 잃은 것 같았다. 가네마키는 말했다.

"지금 바로 가겠습니다."

"집에서는 안 돼요. 밖에서 만났으면 좋겠어요."

"저는 괜찮습니다. 에미 씨가 편한 시간과 장소를 알려주세요."

"2시부터 한 시간 정도라면 어떻게든 될 것 같아요."

에미는 미노오[箕面]와 가까운 이시바시[石橋]의 카페 이름을 말했다.

가네마키는, 내가 두려워하던 것이 바로 이거였어, 하고 생각했다.

가네마키와 에미는 카페 2층에서 만났다.

"경찰에 신고는 하셨어요?"

"다들 조금 더 기다려보는 게 좋겠다고 해서요."

"기타 씨는?"

"배가 고프면 돌아올 거라고만 할 뿐, 상대해주질 않아요."

“어제 여쭙고 싶었는데요, 기타 씨는 왜 그렇게 고유키에게 냉담한 겁니까?”

“몸이 약한 그 아이가 마음에 안 들어서 견디질 못하는 거예요. 위의 세 아들은 본인 바람대로 남자답게 컸지요. 셋째와 열두 살이나 차이 나는 고유키는, 미숙아로 태어났어요.”

“태어날 때부터 다리가 불편했나요?”

“그렇지는 않아요……. 그이는 아이들을 스파르타식으로 가르치며 키우고 싶어 했어요. 그래서 위의 아들들과 마찬가지로, 고유키도 다섯 살 되던 생일에 말에 태우려고 했어요. 고유키는 싫어했어요. 그래서 타려고 하지 않았고요. 그이는 평소 예뻐하는 장남에게 명령해서, 고유키를 억지로 말의 등에 태웠어요.”

“대체 애한테 무슨 짓을.”

가네마키는 중얼거렸다. 에미는 이야기를 이어갔다.

“말은 달리기 시작했고, 고유키는 내동댕이쳐졌어요. 그이는 곧바로 다시 태우려고 했고요. 남자가 낙마를 처음 경험하고 의기소침해져 다시 말에 타는 것을 포기했다간, 평생 말을 타지 못한다고 믿고 있는 사람이거든요. 고유키는 그때 다리가 부러졌어요…….”

에미의 눈에 눈물이 살짝 맺혔다.

가네마키는, 기타가 난폭하고 사나운 아들들을 채찍으로 두들겨 패던 OK목장[4] 클랜턴 가의 가장을 연기한 명배우 월터 브레넌[5]을

4) 1881년 미국 애리조나 주의 툼스톤(Tombstone) OK목장에서 보안관이었던 와이어트 어프 일행과 클랜턴 형제를 비롯한 무법자 카우보이들이 총격전을 벌인 사건이 있었다. 미국 서부 개척 시대를 통틀어 가장 유명한 총격전이라고도 하는 이 사건을 소재로, 다수의 영화와 드라마가 제작되기도 했다.

5) OK목장의 총격전을 소재로 1946년에 제작된 영화, 〈황야의 결투〉에서 월터 브레넌은 아이크 클랜턴과 빌리 클랜턴의 아버지, 뉴먼 헤인스 클랜턴을 연기했다.

흉내 내는 거라고 생각했다.

"그래서 고유키가 어디로 갔는지 짐작 가는 데가 있으십니까?"

바보 같은 생각이긴 하지만, 이라고 중얼거리며 에미는 말했다.

"아리마[有馬]가 아닐까 싶어요……."

"아리마요? 왜 아리마라고 생각하신 거죠?"

"온천 때문에요."

"온천?"

"아시다시피 아리마는 온천으로 유명하잖아요. 깊은 산속에는 관광용으로 지어진 큰 규모의 호텔이나 료칸[旅館] 말고, 다섯 명 정도 묵으면 꽉 차는 낡은 숙박업소들이 있어요. 잘 찾아보면 사람들에게 잘 알려지지 않아 아무도 없는 온천도 있고요."

평소에는 목욕을 갓 마치고 나온 사람처럼 뽀얗게 윤기가 흐르던 에미의 얼굴이, 조금 창백해져 있었다.

"저, 고유키를 데리고 그 근처에 몇 번 정도 갔었어요. 고유키의 다리를 조금이라도 낫게 하려고요……. 온천물에 다리를 담그고 나면 실제로도 상태가 좋아진 것 같았거든요."

"……."

"기타 씨의 후처로 들어가기 전부터 그랬었어요. 저는 원래 기타 씨의 사무소에서 일하던 사람이었거든요……. 그 무렵부터 누가 시킨 것도 아닌데 그 아이를 보살폈어요……. 고유키는 수르랑의 다리를 낫게 해줄 생각에 그쪽으로 간 게 아닌가 싶어요."

"그런 내막이 있었군요……. 하지만 무슨 수로 아리마까지?"

"걸어서요."

가네마키는 할 말을 잃었다. 기타 가의 저택이 있는 미노오에서 아리마 산속까지라면 직선으로 따져도 30킬로미터는 된다. 구불구불한 산길을 감안하면 4, 50킬로미터는 족히 걸릴 것이다. 다리도 약한 소년이, 다리를 다친 순록을 데리고 걷는다……. 생각만 해도 아찔한 거리를…….

가네마키는 말했다.

"고유키를 쫓아가보겠습니다."

4

긴 이야기를 마친 후, 가네마키는 내가 내준 이곳의 용수를 단숨에 비웠다.

"하지만 이런 일에 아무 경험도 없는 초짜이다 보니, 사람이나 동물을 추적하는 방법을 모릅니다."

가네마키는 물을 한 잔 더 청했다.

"당신이 실종된 사냥개를 전문으로 하는 탐정이란 사실은 잘 알고 있습니다. 그럼에도 불구하고 드리는 부탁입니다. 말씀드린 소년과 순록을 찾아주셨으면 합니다. 걸리적거리기만 하겠지만, 저도 돕겠습니다."

가네마키는 내 산에서 솟아나오는 용수를 마시며 물이 이렇게나 맛있을 수 있다니, 하고 감탄했다. 나는 질문했다.

"내 이야기는 누구에게 들었습니까?"

생각지도 못한 이름이 튀어나왔다.
"김계화 씨에게 들었습니다."
"오호!"
"그분은 제 형수예요."
"그 말인즉슨?"
"저는 효도구미의 보스인 효도 긴타의 친동생입니다."
나는 깜짝 놀랐다. 효도구미는 간사이[關西]에서 으뜸가는 조직폭력단, 긴카쿠카이 계열의 조직이다. 수염을 덥수룩하게 기른 젊은 아티스트가, 무력을 앞세우기로 이름 높은 야쿠자 보스의 친동생이라니 믿기지 않았다.
"효도라는 성을 쓰는 건 가명을 잇는 행위라고 해야 할까요, 일종의 상호 같은 겁니다. 형의 진짜 성은 가네마키예요."
가네마키가 말했다.
"형수와는 이야기가 잘 통해요. 그분도 영화를 좋아하고, 또 소설도 많이 읽지요. 가끔 형수와 만나 대화하는 게 낙이거든요."
"……."
"아 참, 분명히 말씀드리는데요, 저는 건실한 사람입니다. 형이 하는 일과는 아무 관계도 없어요. 나이 차이도 꽤 있고 해서, 형과 만나는 일도 없고요."
나는 가네마키에게 말했다.
"맥주 마시겠습니까?"
"무지 당기지만, 운전을 해야 해서요. 안 마시는 게 좋겠습니다."
가네마키는 계속해서 말했다.
"형수에게 당신 이야기를 얼마나 들었는지 모릅니다. 도둑맞은 맹도견을 찾아주었다던, 작년 말의 사건 말이에요. 형수는 당신을 가리켜 '진짜 남자'라고 하더군요. 하지만 이번 일은 형수에게 말하지 않았습니다. 그럴 시간도 없었고요. 제가 개인적으로 드리는 부탁입니다. 고유키와 수르랑을 찾아주실 수 있겠습니까?"

"알겠습니다. 해보지요."

그러한 사정으로, 나는 또 기묘한 대상을 추적해야 할 처지가 되었다. 실종된 사냥개를 전문으로 한다는 신조가 해마다 조금씩 후퇴한다는 기분이 들었다.

"사건이 잘 풀리는 경우는 모종의 우연에 의할 때가 많습니다. 발로 직접 뛰는 수밖엔 없어요."

나는 소년이 입거나 걸쳤던 옷, 순록의 냄새가 밴 것들을 빌려오라고 지시했다. 가네마키는 안심한 표정으로, 지금 당장 에미 씨에게 전하겠다고 했다. 그러면서 에미 씨는 백만의 지원군을 얻은 것보다도 기쁘고 든든할 거라고도 했다.

나는 가네마키에게 물었다.

"계화 씨는 잘 지내고 있습니까?"

딱 보기에도 남에게 지거나 굽히는 걸 싫어하게 생긴 이 청년이 대답했다.

"예, 당신을 보고 싶어 합니다."

침낭과 식료품 등 야외에서 필요한 물품들을 챙겨 각자의 차에 싣고, 다음 날 아침 나와 가네마키는 함께 아리마로 향했다. 가네마키가 모는 오래된 혼다 어코드는 도쿄의 아다치[足立] 번호판을 달고 있었다. 도쿄에서부터 타고 온 차이리라. 운전 솜씨는 확실했다. 가네마키는 이 일이 정리되면 도쿄로 돌아간다고 했다. 그는 또 산행에 자신 있다고도 말했다. 대학 시절에는 산악부에서 활동했다고 한다.

나는 본격적으로 일을 시작하기 전에 에미라는 사람과 한번 만났으면 했다. 내 나름대로 소년에 관해 물어보고 싶었으나, 그럴 시간이 없었다. 한시라도 빨리 움직여야 했다. 소년이 자취를 감춘 지 사흘째였다. 끼니는 제대로 해결하고 있는지, 수중에 돈은 있는지 마음에 걸렸다.

소년과 순록이 어떤 루트를 골라 어떤 페이스로 걸어가고 있는지도 알 수 없었다. 결과적으로는 앞지르는 것일지도 모르지만, 나와 가네마키는 어쨌든 아리마로 가는 길을 서둘렀다. 중간쯤에서 고속도로를 빠져나왔다. 주유도 하고 한 끼 가볍게 때울 겸 들른 휴게소에서, 순록을 데리고 있는 소년을 보지 못 했느냐고 묻기로 했다.

햄버거를 먹으며 커피를 마시는 정도의 짧은 시간이었지만, 가네마키와 나누는 대화는 재미있었다. 영화에 대한 그의 열정과 지식은 예사로운 수준이 아니었다. 독자적인 미학을 갖추고 있었다. 정평이 난 영화를 가리켜 쓰레기라며 한마디로 잘라 말하고, 누구나 떠받드는 거장 감독을 노망난 늙은이라 표현하는 데 거리낌이 없었다. 스스로의 감각이 인정한 것만 칭찬했다. 내게는 자극을 주는 이야기들이었고, 아무리 들어도 질리지 않았다.

그리고 이 청년은, 두려움이 뭔지 모르는 기질을 타고났다. 예의는 바르지만 남이 하라는 대로 그냥 움직이는 그런 성정이 아님이 엿보였다. 만난 적은 없으나, 형인 효도와 같은 피가 흐르는 모양이라고 생각했다. 그런 점은 청년의 형수인 김계화도 마찬가지다. 별안간 계화가 보고 싶다는 충동이 일었지만, 억지로 밀어냈다.

우리는 최초의 행운과 맞닥뜨렸다.

그러고 보니 어린아이를 조수석에 태운 소형 트럭이 있었다며 주유소의 남자 직원이 말한 것이다. 그는 소년보다도 짐칸에 실려 있던 쪽을 더 기억하고 있었다. 사슴 같기도 하고 송아지 같기도 한, 정체를 알 수 없는 짐승이 웅크리고 있었다고 했다. 어제 오후였던 것 같다고, 그는 자신 없는 목소리로 덧붙였다.

타박타박 걸어가는 소년을 본 소형 트럭 운전사가, 차를 세운 다음 태워줬으리라고 짐작했다. 우리는 고유키의 행방을 조금이나마 알아낸 것 같았다. 가네마키는 고유키의 새어머니에게 전화를 걸어 현재 상황을 알렸다. 에미라는 사람이 매우 기뻐한 모양이어서, 가네마키는 도리어 마음이 무거워진 듯 보였다.

나는 가네마키에게 말했다.

"기왕 둘이서 온 거니, 우리는 어딘가에서 갈라져 각자 다른 루트로 쫓는 게 좋겠습니다."

"예, 저도 그렇게 생각하던 참이었습니다."

에미가 고유키를 데리고 몇 번인가 갔었다는 온천은, 아리마 온천 지구에서 북서쪽의 산속에 있다고 들었다.

아리마까지 간 다음, 우리는 주차장에 차를 맡겼다. 가네마키는 에미가 예전에 묵었다던 자그마한 숙소를 찾아보기로 하고, 나는 곳곳에서 솟아나오는 온천을 더듬으며 다른 길을 걷기로 했다.

이틀 후 다시 여기서 만나자는 약속을 했다. 그때까지 찾아내지 못했을 경우 아리마가와[有馬川] 동쪽 기슭을 뒤져보기로 하고 이야기를 마무리했다. 각자 준비해 온 산행용 복장으로 갈아입고 식료품과 침낭을 짊어진 후 헤어졌다.

그날 나는 작은 온천을 몇 군데 찾아다니며 걸었지만, 고유키에

대한 정보는 얻지 못했다. 이따금씩 가랑눈이 흩날렸다. 가네마키가 각본을 썼다는 〈성야 이야기〉는 아니지만, 그날이 마침 크리스마스 이브 전날이라는 데 생각이 미쳤다. 나는 혼자 쓴웃음을 지었다. 도둑맞은 맹도견을 되찾았던 사건도 작년 크리스마스 즈음에 있었던 일이었다. 요즘 들어 크리스마스 시즌에 접어들면, 묘한 일에 얽히곤 한다.

훗날 가네마키에게 전부 들은 이야기이지만, 이 무렵 가네마키는 고유키를 거의 따라잡은 상태였다.

가네마키는 밤이 되었어도 계속 걸었다. 발밑이 제대로 보이지 않는 곳에서는 헤드램프의 불빛에 의지하여 걸었다. 숲 속에 말뚝과 철사를 엮어 만든 울타리가 있었다. 남의 땅이라는 생각에, 처음에는 우회하여 가려고 했다. 하지만 울타리를 따라 걸어보았으나 길게 이어진 울타리는 가도 가도 끝이 없을 것 같았다. 가네마키는 울타리를 넘어 숲에 들어섰다. 숲 속을 가로지르려고 한 것이다.

"거기 서."

느닷없이 목소리가 들리자 가네마키는 덜컥하여 그 자리에 멈추어 섰다. 장신의 남자가 가로막았다. 남자가 어깨에 총을 둘러메고 있다는 것을 알아차리고, 가네마키는 긴장했다.

"누구냐."

남자가 검문하듯 물었다.

가네마키는 본인이 누구이며 뭘 하는 사람인지 밝혔다.

"여기는 개인 소유지다. 어딜 가려는 거지?"

가네마키는 실제 사정을 꾸밈없이 짧게 요약하여 말했다.

"알겠고, 일단 보스에게 보고하겠다."

남자는 가네마키에게 따라오라고 하고는, 걷기 시작했다.

유럽풍 산장 같은 건물에 도착했다. 창문을 통해 환한 불빛이 흘러나오고 있었다. 남자는 정면에 있는 문을 열고, 가네마키에게 들어가라는 몸짓을 했다. 따뜻한 기운이 순식간에 가네마키를 감쌌다. 남자 네 명이 일제히 가네마키를 보았다. 키 작은 테이블에 둘러앉아 느긋하게 쉬고 있던 모양이었다.

"보스. 부지를 통과해 지나가려고 하길래 데려왔습니다. 아이를 쫓는 것 같습니다."

가네마키를 데려온 남자는 그렇게 말한 다음 나갔다.

네 명의 남자들 가운데에서도, 체격이 장대하고 훤칠한 데다 얼굴 생김새도 우락부락하여 유달리 눈에 띄는 초로의 남자가 가네마키에게 일단 앉으라고 말했다. 한 성깔 하게 생긴 얼굴을 한 비슷한 연령대의 남자들뿐이었으나, 한눈에도 지성이 엿보이는 사람들이었다.

나무로 불을 때는 진짜 난로가 놓여 있었고, 불티를 날리며 장작이 타고 있었다. 방 안에는 브랜디와 버번 향이 감돌았으며 테이블 위에는 카드와 주사위가 흩어져 있었다.

"쫓고 있다는 게 순록을 데리고 있고 열 살 정도 된 꼬맹이인가?"

"그, 그렇습니다."

그 말을 들은 순간 귀가 쫑긋하여 눈을 반짝이고 있었을 거라고, 가네마키는 나중에 이야기하면서 덧붙였다.

"그 아이를 어떻게 알고 계십니까?"

"여기 있었거든. 두 시간 정도 전까지는 말이야."

남자들은, 새끼 악마라는 둥 어처구니없는 애송이라는 둥 입을 모아 욕을 해댔다. 그러나 하나같이 얼굴 가득 웃음을 띠고 있었다.

"그 꼬맹이를 쫓는 이유가 뭔가. 말해보게."

보스가 말했다. 가네마키는 자초지종을 이야기했다. 보스는 구레나룻이 더부룩하게 난 얼굴을 돌려 남자들에게 말했다.

"이봐, 그 꼬맹이 애비가 기타 조켄이라는데?"

기타의 이름이 나오자 실소가 터졌다.

"흥, 쓰레기 새끼", "사이비 내추럴리스트", "돈에 눈먼 장사치 같으니라고."

다들 침이라도 뱉을 기세로 혐오와 경멸을 드러내며 욕지거리를 퍼부었다.

보스는 살집이 두꺼운 손을 들어 테이블에 있는 호출용 벨을 한 번 눌렀다. 집사인지 요리사인지 모를 나이 지긋한 남자가 나오자, 그에게 말했다.

"여기 손님에게 따뜻한 수프라도 내어드리게."

보스는 가네마키에게 말했다.

"꼬맹이 다리로는 그렇게 멀리까지 가지는 못했을 거야. 분초를 다투는 상황은 아닌 듯하네. 잠깐 몸을 데운 다음 가게나."

말씀 고맙습니다, 그렇게 하겠습니다, 라고 말한 다음 가네마키는 난롯불에 손을 쬐었다. 따끔거리며 손이 녹아드는 게 기분이 좋았다.

"그나저나 말이야, 그 꼬맹이는 보통내기가 아니었어."

보스가 말했다.

"교활하기 짝이 없는 요 패거리에게 한 방 먹였거든."

보스에 이어 운을 뗀 사람을 어디선가 본 적이 있었다.

교토의 어느 대학 교수이면서, 매우 엄하고 매서운 문학비평으로도 유명한 문학자였다.

“이보게, 젊은이. 우리는 그 꼬맹이한테 홀랑 속았어.”

이번에 말을 한 사람은 역시 이름 높은 화가였다.

“실력 발휘도 못 해보고 어이없이 당했다네.”

큰 목소리의 주인공은 이름도 얼굴도 잘 알려진 소설가였다. 쟁쟁한 사람들이라는 것을 깨닫고, 가네마키는 깜짝 놀랐다.

“나는 핏기 하나 없이 얼굴이 핼쑥한 그 아이한테, 먼저 밥을 먹였네. 다리에 붕대를 감고 있던 순록에게는 마른 풀과 소금을 대접했지. 발에 박혀 있던 가시도 빼줬고.”

보스가 말했다.

“혈색이 돌아온 꼬맹이에게, 별생각 없이 물었어. 포커 칠 줄 아느냐고 말이야.”

“포커라고요?”

“저기 앉아 계신 문호께서 시끄럽게 코를 골며 자기 시작하는 바람에, 꼬맹이가 포커 치는 흉내라도 내준다면 그럭저럭 머릿수만 맞춰서 한판 벌여보려고 했거든.”

하인 같은 남자가 뜨거운 김이 오르는 미네스트로네(Minestrone)[6]가 담긴 대접을 들고 왔다. 보스가 그 남자에게 말했다.

“고맙네. 이제 가서 쉬게나. 여기 이 도적들은 내 술 창고를 싹 비우기 전까지는 꿈쩍도 안 할 거야.”

뜨거운 야채수프는 배 안 구석구석까지 스며들었고, 맛있었다.

“꼬맹이가 칠 줄 안다고 하기에, 우리가 지면 허쉬 초콜릿을 줄 테니 네가 지면 방울 달린 털모자를 내놓으라고 했지. 물론 어린아이

6) 야채와 파스타를 넣은 이탈리아식 수프.

것을 진짜로 빼앗을 마음은 없었다네. 그냥 초콜릿을 주려고 했을 뿐이야."

보스는 가네마키의 눈을 들여다보며 말했다.

"그 꼬맹이가 뭐라 했을 것 같나?"

"……."

"내기란 모름지기 돈을 걸고 하는 법이야, 현금으로 할 거 아니면 안 해, 라고 지껄이더라고."

가네마키는 믿을 수가 없었다.

"그럼 수중에 얼마나 있는지 보여 봐라, 라고 했더니 꼬맹이는 천 엔짜리 지폐를 몇 장 꺼내더군. 우리는 꼬맹이를 이겨 먹을 작정으로 포커를 시작했지."

"하지만 말일세. 꼬맹이 실력이 여간 센 게 아니었어. 우리 모두는 점점 진지하게 겨루기 시작했다네. 아니, 부끄러운 이야기지만 어린 아이를 상대로 승부욕을 불태웠지 뭔가."

교수가 끼어들었다.

"정신을 차리고 보니, 우리는 그 아이한테 몇만 엔이나 잃었더군. 그 아이는 우리와 포커 쳐서 딴 돈을 착착 접어 주머니에 넣더라고."

"그러면서, 그 쪼그만 악마가 그제야 생긋 웃지 뭔가. 정말이지 보는 사람을 흐뭇하게 만드는 얼굴이었어."

화가가 덧붙였다.

보스가 이야기를 계속했다.

"그때 소설가 선생이 자다 깨서는, 가만있으면 될 것을 자기도 해보겠다고 괜히 덤벼들었지. 그러곤 또 뜯겼어."

그들은 다시금 왁자지껄하게 떠들기 시작했다. 서로를 향해 걸쭉

하게 욕지거리를 해대고는 있었지만, 상대를 인정하며 신뢰한다는 것을 알 수 있었다. 서로에게 경의를 품은 사람들끼리의 강한 유대감도 느껴졌다. 신기한 사람들의 신기한 모임이로군, 하고 가네마키는 생각했다.

"그건 북미에서 나는 카리부(Caribou)[7]야."

여행을 다니며 전 세계의 자연 속을 누빈 소설가가 별안간 큰 목소리로 떠들기 시작했다.

"시베리아의 에벤크(Evenk) 족이나 알래스카의 이누피아트(Inupiat) 족은, 카리부가 없으면 살아가지 못해. 교통수단이자 식량의 원천이거든. 그 사람들은 순록의 고기를 먹고, 순록의 진한 젖을 마시지. 치즈도 만들어. 거기다 가죽으로는 옷을 짓고, 주거지에 덮어씌우기도 한다네."

소설가는 내추럴리스트답게 풍부한 지식을 개진해나갔다. 또 시작이로군, 하는 표정으로 다들 얼굴을 마주 보았다. 하지만 저마다 브랜디나 와인 잔을 손에 들고 귀 기울이는 모습이었다.

"그런데 말이지, 순록에 올라타는 건 지극히 어려운 일이야. 이 몸이 몇 번이나 타보려고 했지만, 몸부림을 치며 번번이 떨어뜨리더군. 일단 등에 걸터타는 일부터가 여간 힘든 게 아니야. 예벤크 사람들 중에서도 잘 타지 못하는 사람이 있을 정도니까. 그곳 사람들이 타는 것을 보니, 쓰러진 나무나 그루터기처럼 조금 높은 데에서 올라타거나, 기다란 작대기에 의지해 뛰어올라서 타곤 하더군."

이야기하는 내용과는 상관없지만, 소설가의 목소리는 무척 컸다.

"이 몸은 순록의 뿔을 잡고 타려다가, 녀석이 머리를 흔드는 바람에

---

7) 북아메리카 북쪽에 사는 순록.

이마에 혹이 생겨버린 적도 있었지. 하지만 일단 사람을 태우고 나면 녀석들은 종종걸음으로 어디까지고 달린다네."

"잘 들었네. 연설은 거기까지."

교수가 말했다.

"고막이 터질 것 같단 말이야."

화가가 중얼거렸다. 소설가는 눈 하나 깜빡하지 않고 말을 이었다.

"하지만 순록의 목에 달린 방울 소리가 수르랑, 따라랑 하고 들린다는 건 처음 알았지……. 그 아이는 시인이야."

소설가에 이어 교수가 말했다.

"술과 트럼프밖에 모르던 우리에게, 소년과 순록은 수르랑, 따라랑 하고 속삭이듯 경종을 울리고 갔지……."

보스가 난로에 장작을 던지며 말했다.

"게다가 그 꼬맹이는 용감했다네."

눈이 번쩍 뜨이는 이야기들뿐이라 그저 듣기만 하는 가네마키의 얼굴을 보면서, 보스는 이야기를 계속했다.

"꼬맹이는 여기 오기 직전에 들개 떼한테 습격당했어. 여기보다 북쪽에 있는 '시시가다니[ししが谷]'라는 곳에 들개가 무리를 지어 살고 있다네. 눈이 파란 광견(狂犬)이 들개 무리를 이끄는 우두머리지. 한 번 본 적이 있는데, 몸집이 송아지 정도로 큰 녀석이야. 지나는 사람이나 짐승은 말할 것도 없고, 떼거리로 마을에 내려가서는 가축을 덮치거든. 잔인하고 매우 거칠고 사나운 갱단이야. 그런 놈들이 꼬맹이와 순록을 노리고, 둘러싼 거지……."

가네마키는 마른침을 삼키며 들었다.

"그래서, 그 아이는 어떻게 했나요?"

"싸웠지. 부러진 굵은 나뭇가지를 주워다가 휘두르면서, 마치 창을 쓰듯 찌르며 들개 떼와 맞섰어. 하지만 물어 뜯겨 죽는 것도 어차피 시간문제였을 거야. 내 밑에서 일하는 이들 중 젊은 사람 하나가 마침 거길 지나는 길이었어. 총을 쏴서 들개들을 쫓아버리고 꼬맹이를 데리고 온 걸세."

"사람은 겉만 보고는 모른다더니, 허약해 보이던 그 소년이, 위급한 상황이 닥치면 다 큰 남자도 당해내지 못할 만큼 매섭게 싸웠단 말이지……."

화가가 말했다.

"그 소년은 여간내기가 아니야……."

가네마키는 믿을 수가 없었다. 이 자리에서 들은 이야기 속의 소년과 가네마키가 알고 있던 고유키는 아무리 생각해도 동일인물 같지가 않았다.

"나는 꼬맹이에게 하룻밤 자고 가라고 했네. 겉으로야 말짱한 척했지만, 몸은 꽤나 지쳐 있는 것 같았거든. 그런데 꼬맹이는 내 제안을 거절했어. 다리를 다친 순록을 사람이 없는 온천에서 치료하면서 다니는 중이라고 하더군."

"예. 그 아이는 예전에 어머니 손에 이끌려 이 지역의 숨은 온천에서 몇 번 정도 머문 적이 있습니다. 그 아이의 다리 때문에요……."

가네마키는 덧붙여 말했다.

보스가 이어서 말했다.

"나는 작은 배낭에 영양가 높은 휴대용 식량과 약을 가득 채우고, 그것을 등에 짊어지게 한 다음 배웅하는 수밖에 없었다네."

가네마키는 진심으로 감사의 뜻을 표한 후 산장을 떠났다. 그날 밤은 침낭에서 잤다. 커다란 나무 밑에 낙엽을 그러모으고 침낭을 펼쳤다. 문득 얼굴이 축축해진 듯한 느낌이 들어 눈을 떴다. 눈이 내리고 있었다.

5

그날 늦은 오후에야 비로소, 조가 냄새를 맡았다. 고유키와 수르랑의 흔적을 포착한 것이다. 나는 뒤쪽에서 조를 지켜보면서 산길을 올랐다. 길은 좁았고, 오른쪽에는 깎아지른 산비탈이, 왼쪽에는 깊은 계곡이 있었다.

계곡에 현수교가 놓여 있었다. 건너편 기슭의 산길로 가려면 현수교를 건너는 것 외에는 방법이 없는 것 같았다. 건너편까지는 10미터 정도 되어 보였고, 계곡은 거의 수직으로 움푹 패여 있었다.

가네마키는 지금쯤 어디를 걷고 있으려나. 언뜻 생각이 났다. 나는 고유키의 행방을 잡아냈으니, 여기로 와서 함께 쫓을 수 있다면 좋을 텐데. 그런 생각이 들었다.

산길은 날이 저물기 시작했다. 나는 어깨에 멘 무거운 짐을 흔든 뒤, 서둘렀다. 조의 걸음걸이가 둔해졌다. 내리는 눈 때문에 냄새가 사라지고 있었다. 그때, 나는 어떤 소리를 들었다.

오카리나! 구슬프고 쓸쓸한 가락이었다. 고유키와 수르랑은 분명 가까운 곳에 있다.

별안간 총성이 울렸다. 나는 재빨리 몸을 움직여 앞쪽을 응시했다. 고유키와 순록의 모습을, 처음으로 보았다.

총성이 또 울렸다. 계곡 왼쪽의 산길에서 쏘고 있었다. 총성이 그치지 않고 울리다가 난사를 퍼붓는 상황으로 이어졌다. 믿을 수 없게도, 순록을 노리고 있는 것이다.

가네마키는 그때, 건너편 기슭에 난 길을 걷고 있었다. 가던 길 앞쪽에 시커먼 사람의 그림자가 여럿 나타났다. 사냥을 마치고 돌아가는 사람들 같았다.

갑자기 그중 하나가 계곡 너머의 기슭을 향해 발포했다.

"사슴이다!"

총을 쏜 뒤 외쳤다. 남자들은 허둥지둥 어깨에 멘 총을 내리고, 탄환을 채워 쏘아대기 시작했다.

가네마키는 건너편 기슭에 있는 순록을 보았다.

"그만둬! 저건 순록이란 말이야!"

가네마키는 고함을 질렀으나, 남자들 귀에는 들리지 않았다. 총구에서 뿜어 나오는 불이 불길한 붉은빛을 띠었다.

순록 앞으로 자그마한 사람이 달려 나왔다. 고유키다. 고유키가 두 손을 하늘 높이 올리고서는 절규하고 있었다. 그만하라고, 쏘지 말라고 외치는 것이리라. 가네마키는 뛰어갔다.

"멈춰! 멍청한 자식들 같으니. 저건 사슴이 아니란 말이야!"

남자들 중 하나가 고유키의 존재를 알아챘다. 동료의 팔을 잡고,

"이봐, 저기 사람이 있는데?"

라고 말했다. 총성이 겨우 멎었다.

그때, 가네마키는 보았다. 방울 달린 털모자를 쓴 소년이 순록의

등에 뛰어올랐다. 순록은 소년을 태우고 달렸고, 곧 보이지 않게 되었다. 어안이 벙벙해 있던 사냥꾼들 중 하나가 말했다.

"어이, 큰일 났어. 저 길은 막다른 길이야."

나는 달렸다. 고유키가 수르랑의 등에 훌쩍 걸터타고 달려간 궤적을 쫓았다. 팻말이 힐끗 보였으나, 제대로 보지는 않았다.

산길은 갑자기 끊겼다. 그곳은 깎아 세운 듯한 낭떠러지 절벽이었다. 고유키도 수르랑도 사라졌다. 나는 그 자리에 못 박히듯이 서고 말았다.

등 뒤에서 남자 몇 명이 달려오는 기척이 들려왔다.

"류몬 씨!"

가네마키가 내지르는 소리를 들었다. 가쁜 숨을 몰아쉬며 가네마키가 나와 나란히 섰다. 현수교를 건너 달려온 것이다. 길이 끊겨 있는 것을 본 후 가네마키는 비틀거렸다.

사냥꾼 대여섯이 쫓아왔다. 상황을 깨닫자, 전원이 그 자리에 못 박히듯 서서 꼼짝하지 못했다.

"이거 큰일인데."

"말도 안 되는 일을 저질렀구먼."

"이래서야 목숨은 건지기 어렵겠어."

사냥꾼들은 너 나 할 것 없이 지껄이며 소란을 피웠다.

가네마키가 돌아보며 소리쳤다.

"닥쳐! 조용히 해, 이 살인자 새끼들아. 순록과 사슴도 구별 못 하나!"

그들은 흉악하고 포악하기까지 한 가네마키의 시선을 받고 눈을 내리깔았다. 가네마키가 필사적으로 감정을 억누르며 말했다.

"멍청한 얼굴로 그렇게 서 있지만 말고, 마을에 알리라고. 구조대를 편성해. 로프도 가져와. 내가 직접 계곡으로 내려갈 거야."

그때였다. 조가 건너편 기슭을 향해 낮은 소리로 한 번 울었다. 10미터는 떨어져 있을 계곡 너머의 길에, 자그마한 물체가 하나 떨어져 있었다. 빨간 털모자였다. 나는 가네마키의 팔을 붙잡고 건너편 기슭의 물체를 가리켰다.

"설마, 그럴 수가!"

가네마키는 눈이 찢어지라 부릅뜨고 빨간 덩어리를 응시했다.

"고유키의 모자인가……."

가네마키는 중얼거리고 있었다. 나는 가네마키에게 말했다.

"뛰어넘은 거야. 함께."

"저, 정말 그럴까요……. 예, 그렇고말고요. 고유키는 뛰어넘었을 거예요."

가네마키는 마치 스스로를 타이르듯 말했다.

"고유키는 말을 탄 거예요, 류몬 씨."

사냥꾼들도 건너편 기슭을 보았다. 눈이 내려앉은 길에 떨어져 있는 물체가 뭔지 알지 못한 채로 시끌시끌했다. 순록이었든 사슴이었든, 이 거리를 뛰어넘을 수 있을 리 없다는 게 그들의 의견이었다.

가네마키는 말했다.

"웃기지도 않는군. 멍청한 자식들."

그러고는 혼잣말을 했다.

"순록이잖아. 크리스마스에는 하늘을 난다고."

기타와 사냥개

1

산림은 파릇파릇 연둣빛으로 움트는 중이었다. 5월의 신록이다. 10년 동안 한결같은 아침 식사 메뉴인 뜨거운 홍차, 노릇노릇하게 구운 토스트, 달걀 프라이, 그레이프프루트 반쪽을 배불리 먹었다. 다른 건 몰라도 배만큼은 가득 채웠다.

조는 세숫대야만 한 식기에 한가득 담아준 고기 육즙 뿌린 밥을 해치운 뒤 바닥에서 선잠을 자고 있었다. 어제 아침과 똑같은 광경이다. 내일도 또한, 그러하리라.

햇빛을 받아 시시각각으로 미묘하게 달라지는 산의 경치를 바라보면서, 나는 펌프 액션 산탄총을 분해하여 청소하는 일에 여념이 없었다. 미국에서 제조된, 내구성이 뛰어난 이 연발식 산탄총은 구조가 단순한 것도 있지만 이렇듯 정성껏 관리하면 고장 하나 없이 10년 전과 마찬가지로 쌩쌩하게 작동한다. 나는 소총 대신, 날짐승이든 들짐승이든 이 총 하나로 사냥해왔다.

전화가 울렸다. 요 한 달 동안 아무 일거리도 들어오지 않아 날마다 공치고 있는 탐정이다 보니, 전화기에 덤벼들고 싶은 심정이었다. 나는 애써 오기를 부리며 벨이 계속 울리도록 두었다. 탁, 하는 소리와 함께 마지막 부품을 정리하는 것으로 총 조립을 마쳤다.

나는 수화기를 집어 들었다.

"여기는 류몬 사냥개 탐정사……."

우메즈라고 합니다만, 이라며 전화를 건 남자는 다짜고짜 용건을 꺼냈다. 세 살짜리 바이마라너(Weimaraner)[8]를 도둑맞았다는 내용이었다. 바이마라너는 사냥개 종류 중 하나다. 장년의 남자인 것 같았는데, 위압감을 풍기는 칼칼한 목소리였다.

나는 물어보았다.

"실례지만 도둑맞았다고 볼 만한 근거가 있습니까?"

"2미터짜리 펜스를 뛰어넘을 개가 어디 있겠소? 분명 누군가가 사다리를 놓아 오르락내리락하면서 개를 훔쳐간 겁니다."

"그렇게 하면 남의 이목을 끌게 될 텐데, 그게 가능한 장소입니까?"

"100제곱미터 정도 되는 땅에다 펜스를 치고, 그 안에 개를 풀어놓고 키웠소. 그 옆은 내 소유의 자재 창고이고. 참, 소개가 늦었는데, 나는 우메즈 건설이라고 하는 건설 회사를 운영 중입니다……. 개집은 특별히 크게 지어놨었지요. 창고 처마 밑에 개집이 있어서 비에 젖을 일 같은 건 없고 말입니다."

거기에는 사람이 상주하고 있을 턱이 없다는 식으로 들렸다. 나는 어딘지 물었다.

"오사카 히라노[平野] 구 가미히가시[加美東]의 번외지(番外地)[9]."

"번외지?"

우메즈의 말에 따르면 시내에서 떨어진 곳에 있는 시가화조정지역

---

8) 독일이 원산지인 사냥개로, 초기에는 주로 왕족들이 부리며 멧돼지나 곰처럼 큰 동물들을 사냥했으나 지금은 토끼나 새를 비롯한 소형 동물들을 사냥하는 데 쓰인다.
9) 등기된 토지에 매기는 번호인 '지번(地番)'이 없는 땅을 가리킨다.

(市街化調整地域)[10]의 산림 속이라고 한다. 거주용 주택은 세워져 있지 않은 지구다. 우메즈가 사는 곳은 거기서 5킬로미터 정도 떨어진 동네에 있다고 한다.

"어쨌든 일단 현장을 봐줬으면 합니다."

우메즈라고 밝힌 남자는, 전화상으로는 이러쿵저러쿵 장황하게 늘어놓는 게 귀찮은 것 같았다.

"하나 더 묻겠습니다, 개가 사라진 건 언제 알았습니까?"

"오늘 아침."

우메즈가 말한 그 창고에서 만나기로 하고, 시간을 정했다.

창문 바깥을 보니, 아침 햇살 속에서 소생한 만물이 터질 듯 눈부시게 빛나는 활력을 내뿜으며 숨 쉬고 있었다.

2

우메즈가 번외지라고 가리킨 대로, 그곳은 수천 평에 이르는 산림이었다. 물론 사람이 사는 집은 보이지 않았고, 황폐해진 채로 방치된 땅이었다. 창고나 작업장 같아 보이는 건물들이 드문드문 널려 있을 뿐이었다.

---

10) 일본 도시계획법에 따라 지정된 것으로, 개발 행위와 각종 도시 시설 정비가 허가되지 않는 구역을 가리킨다. 다만 농림수산업 관련 시설과 공공의 목적을 위한 시설 등은 제한된 규모 내에서 가능하다.

나는 차창 유리를 내리고 느긋하게 운전하는 중이었다. 황폐하긴 해도, 산림은 산림이다. 은은한 바람이 불었고, 상수리나무, 졸참나무, 층층나무 따위의 잡목과 풀 향기가 차창 안으로 가득 들어왔다.

수꿩이 우는 소리가 들렸다. 높고 날카로운 울음소리가 났다. 차를 세우고 귀를 기울였다. 푸드덕하고 꿩이 힘차게 홰를 치는 소리가 들렸다. 암컷을 부르는 것이다.

널빤지를 대고 페인트를 칠한 벽에 '우메즈 창고'라고만 커다랗게 적힌 건물은 면적이 250제곱미터는 족히 되어 보였고, 흑토 위에 잡초가 자라난 땅이 창고와 붙어 있었다. 100제곱미터 정도의 땅에는 철망으로 만든 펜스가 둘러쳐져 있다. 그 부근에 인기척은 없었다. 튼튼하게 지어진 목조 창고는 남쪽의 처마가 크게 돌출되어 있었다.

그 처마 밑에, 일반적인 개집의 두 배는 됨직한 커다란 개집이 있었다. 개는 보이지 않았다. 꼭지를 느슨하게 해둔 수도에서 물이 가랑비 내리듯 똑똑 떨어지고 있었고, 깊이가 얕은 물통을 꽉 채운 후에도 넘쳐흘러서 도랑을 따라 뒷산으로 흘러들어 가고 있었다.

큼지막한 밥그릇에는 사료가 가득 담겨 있었다. 홈통같이 생긴 관이 창고 안으로 이어져 있었는데, 일정량의 사료가 나오도록 하는 장치였다. 비나 밤이슬에도 젖지 않게 먹이를 줄 수 있게끔 나름 머리를 쓰기는 했다.

생각했던 대로, 개는 사람이 거의 없다시피 한 장소에서 길러지고 있었다. 이틀에 한 번일지 사흘에 한 번일지는 알 수 없으나, 주인 아니면 창고에 드나드는 사람이 찾아오는 정도일 뿐 개는 언제나 외톨이로 지낸 것이다. 개를 기르는 최악의 방법이다.

나는 차에서 내렸다. 펜스 안에서 움직이는 게 보였다. 뭔가 했더니 암꿩이 펜스를 따라 왔다 갔다 하면서 잔달음으로 이리저리 돌아다니고 있었다. 나를 보고는 놀라서 도망칠 작정이었던 듯한데, 출구를 찾아내지 못해 저러는 것이다.

자고새[11]와 꿩은 걸어 다니는 새라 보아도 무방하다. 평소에는 지면을 걸어 이동한다. 다가오는 사람에게서 도망칠 때도 풀숲을 걸어 거리를 두는 방법을 택하며, 어지간히 절박한 상황에 내몰리지 않고서는 결코 날지 않는다.

엉덩이를 부르르 흔들며 쫄래쫄래 움직이는 꿩을 바라보았다. 흐뭇한 얼굴을 하고 있었을지도 모른다. 젊은 꿩의 아내가 혹시라도 겁먹지 않도록, 열었던 차 문에 손을 얹은 채 움직이지 않았다. 조금 전에 수꿩이 그리도 몹시 불러댄 것이 이 암컷이었을 것이다.

암꿩은 겨우 출구를 발견하고는, 몸을 낮춰 펜스 아래를 통과해 빠져나갔다. 잡초에 가려져 보이지 않았으나 펜스와 지면 사이에 틈이 벌어져 있었던 것이리라. 꿩은 수풀 속으로 사라져 부리나케 자취를 감추었다.

나는 차 문을 닫고, 펜스를 끼고 밖을 걸으며 꿩이 기어 나오던 주변을 돌아보았다. 땅이 비집어진 곳이 있었다. 무릎을 꿇고, 펜스 밑으로 손을 넣어 보았다. 개가 어떻게든 뚫을 만한 크기였다.

쿠릉, 쿠릉, 쿠릉 하는 천둥소리처럼 육중하게 울려 퍼지는 독특한 배기음과 함께, 할리 데이비슨(Harley Davidson)에 탄 남자가 나타났다. 남자는 할리 데이비슨의 사이드스탠드를 세우고 천천히 내렸다. 영화 〈셰인〉에서 잭 팔란스가 말에서 내리던 몸짓을 흉내 내는 것처럼 보였다.

11) 메추라기와 비슷하며 누런빛을 띤 녹색의 날개를 가진 꿩과의 새.

그러나 고글을 벗은 남자는 팔란스와 조금도 닮지 않았으며 오히려 우수에 찬 호남아 분위기가 풍기는, 대단히 정력적으로 보이는 40대 남자였다.

"당신이 류몬 씨?"

"네, 그렇습니다."

듬직한 체구에다 자신감이 넘치는 남자로, 동작에 여유가 엿보인다. 남자는 가볍게 고개를 끄덕이고는,

"우메즈라고 합니다……. 먼 곳까지 오게 해서 미안하군요."

라고 말했다. 나는 조금 의외라는 생각이 들어 남자를 다시 보았다. 그릇을 엎어놓은 것처럼 생긴 가죽 헬멧을 벗고, 한 손으로 새까만 머리카락을 아무렇게나 빗어 넘기는 남자는 살짝 미소 짓고 있는 듯 보였다. 초면에 할 말은 아니지만, 적어도 타인에게 어떻게 인사해야 하는지는 아는 사람이었다.

나는 화려하게 꾸며놓은 할리 데이비슨을 가리키며 물었다.

"언제나 이런 걸 타십니까?"

"평소에는 벤츠를 탑니다."

우메즈는 시원시원하게 말했다.

그는 가죽 장갑을 벗고는, 펜스 쪽을 향해 손을 털었다.

"어떤가요. 이 벽을 뛰어넘을 개가 있을 것 같습니까?"

"벽이 아니라, 펜스입니다. 이 철망에 발을 디디고 기어오를 수는 있을 겁니다."

"아니, 그럴 리가 없소. 누가 사다리 같은 걸 펜스에 걸치고 훔쳐 간 겁니다. 혈통서도 딸려 있는 좋은 개니까요. 바이마라너이잖습니까."

바이마라너는, 모든 견종을 통틀어 가장 뛰어난 후각을 지녔으며 조렵견(鳥獵犬) 중에서는 넘버원이라 일컬어지는 개다.

나는 차분하게 말했다.

"개는 펜스 아래를 통해 밖으로 나간 겁니다."

"뭐요?"

"일단 펜스 안으로 들어가게 해주십시오."

우메즈는 자물쇠를 열고 펜스에 나 있는 문을 열었다.

"파트너, 일할 시간이다."

나는 차의 조수석 문을 열고 조를 밖으로 나오게 했다.

조를 본 순간 우메즈의 눈이 휘둥그레졌다.

"아이누견[12]인가?"

혼잣말하듯 말했다. 우메즈는 내 얼굴을 보며 말했다.

"이 녀석한테는 아이누견의 피가 섞여 있는 것 같습니다만."

"잘 모르겠습니다. 그런 이야기는 처음 들어봅니다."

"새 사냥에는 소질이 없을 것 같은데요."

"새한테는 관심이 없는 것 같더군요."

"그 대신 몸집이 큰 동물을 사냥하는 데에는 강할 겁니다. 맹렬히 덤벼들며 싸우거든요. 어때, 그렇지 않습니까?"

"네, 멧돼지 사냥할 때는 밥벌이를 합니다."

"이 녀석은 말이오, 곰한테도 지지 않아요. 허스키같이 멍청한 개 따위하고는 다릅니다. 나는 전에 한 번 본 적이 있소. 발톱으로 실컷 두들겨 맞고, 얼굴이 반쯤이나 뜯겨나가면서도 절대 쫄지 않더군.

---

12) 홋카이도견[北海道犬]을 달리 이르는 말. 아이누[アイヌ] 족이 길렀다고 하는 일본 토종 견종이다.

결국, 곰을 물어뜯어 죽였지 뭡니까."

나는 조를 커다란 개집 앞으로 데리고 갔다. 조는 코를 개집에 처박고 실종된 개의 냄새를 실컷 맡았다. 조는 한동안 흙이나 풀을 밟으며 걸어 다니다가, 조금 전 꿩이 빠져나갔던 구멍이 난 쪽에 이르렀다.

조는 철망 아래에 머리를 들이밀더니 몸을 착 낮추고는 땅바닥을 앞발로 헤치며 버둥버둥 기어 나왔다. 덩치가 큰 탓에 약간 버거운 듯했지만, 어떻게든 나오기는 나왔다.

"이 녀석 좀 보게!"

조의 동작을 가만히 관찰한 우메즈가 소리를 질렀다.

"이제 이해가 가는군요. 당신이 말한 대로일지도 모르겠습니다. 이렇게 큼지막한 개가 빠져나올 수 있다니. 바이마라너는 털이 매끈매끈하니 당연히 나올 수 있었겠어요."

우메즈라는 이 남자는, 과격한 구석이 있기는 해도 사소한 일에 억지를 부리는 일이 없는 담백한 성미인 것 같았다.

"아마 저렇게 해서 펜스를 빠져나왔으리라고 생각됩니다. 하지만 이런 식으로 기른다면야 도둑맞아도 어쩔 수 없겠군요."

"흥. 할 말은 한다 이겁니까……. 집사람이 개 키우는 것을 싫어해서 달리 방도가 없었습니다."

우메즈는 얼굴을 찌푸렸으나, 금세 정한(精悍)한 원래 얼굴로 돌아왔다.

"그럼 찾아봐 주겠습니까?"

우메즈는 처마 밑에 있던 접이식 의자를 가죽 장갑으로 툭툭 턴 다음 앉았다.

"그나저나 요금은 어떻게 됩니까?"

"수색 의뢰를 수락했을 때 착수금으로 10만 엔 받습니다. 개를 찾았을 때 10만 엔을 더 받고요. 제가 하는 일은 일단 여기까지입니다. 발견한 개를 데리고 돌아가는 일도, 의뢰가 들어와야 합니다. 하지만 개를 도둑맞은 경우라면 조금 차원이 다른 일이 되지요. 개를 데리고 돌아간다면 30만 엔이 추가됩니다. 다른 지역으로 이동하게 되면 실비는 따로 받습니다."

우메즈는 가죽 바지의 뒷주머니에서 두툼한 지갑을 꺼낸 다음 아무렇게나 세어 10만 엔을 내게 건넸다.

"당신의 아이누견이 일하는 품새가 마음에 들었습니다. 꼭 좀 부탁합니다."

"해보겠습니다."

펜스를 빠져나온 후 냄새를 좇아 자취를 감추었던 조가 돌아왔다. 바이마라너가 탈출한 후 시간이 꽤 지났기 때문일 것이다.

"혈통서가 있는 개라고 하셨는데, 인식표[13]는 목걸이에 달려 있겠지요?"

"그게 그러니까……."

우메즈는 말끝을 흐렸다.

"목걸이를 새것으로 바꿨을 때부터 달아놓지 않았어요."

"그럼 시의 보건소에 물어도 소용없겠지만, 일단 찾아보시긴 했습니까?"

---

13) 일본의 경우 생후 91일이 지난 개는 법률에 따라 등록 및 광견병 예방 주사 접종을 반드시 해야 한다. 개를 기르는 사람은, 기르기 시작한 후 30일 이내에 거주지의 행정기관이나 보건소, 또는 기관 지정 위탁시설을 통해 등록해야 하며, 인식표도 교부받아야 한다. 광견병 예방 주사는 1년에 한 번 접종해야 하며, 접종 증표와 인식표를 반드시 개에게 부착해야 한다(이를 어길 경우 20만 엔의 벌금이 과태료로 부과된다). 인식표에는 고유 등록번호가 기재되어 있어, 만일 개를 잃어버렸을 때 등록번호를 참고하여 주인을 찾아줄 수 있다.

"임시 보호소 말입니까? 아직 안 했습니다."

"등록번호가 새겨진 인식표를 달고 있지 않은 이상, 임시 보호소에 가서도 찾을 길이 요원합니다. 직접 가서 한 마리씩 확인하며 발품을 파는 것 외에는 방법이 없어요. 그 또한 어차피 사람 좋은 누군가가 개를 주워서 임시 보호소에 맡기는 경우에 한하지만. 요즘 사람들은 그런 번거로운 일에 자기 시간을 써가며 일부러 하진 않지요."

"그도 그렇겠군요……. 맞는 말입니다."

"게다가 동물애호센터……. 아, 요즘은 이런 식으로 부르고 있습니다만……. 그러니까 임시 보호소는 그야말로 어디까지나 임시라서, 정해진 날짜가 지나도 찾아가는 사람이 나타나지 않을 경우 안락사 처리합니다."

우메즈가 나직하게 신음을 흘렸다.

"미안한데 그쪽도 살펴봐 줄 수 있겠습니까. 나는 도무지 시간을 뺄 수가 없습니다."

사라진 바이마라너의 이름은 그레이스토크(Greystoke)라고 한다. 무려 타잔에 등장하는 이름이다. 그레이스토크 경은 타잔의 진짜 신분이다.

"무슨 뜻인지는 모르지만, 있어 보이는 이름이지 않습니까?"

우메즈가 말했다. 개를 샀을 때 혈통서와 함께 딸려온 이름이라고 한다.

"게다가 부르기가 힘들어요. 평소에는 줄여서 그냥 그레이라고 부르곤 하지요."

나는 복사하기 위해 혈통서를 빌리고, 개의 냄새가 밴 물건 중에서 목줄을 챙겼다.

“그건 그렇고, 당신 말입니다, 재미있는 일을 하시는구먼. 실종된 사냥개 찾는 일을 직업으로 하는 남자가 있다는 이야기를 사냥 친구에게 듣긴 했는데 처음엔 믿기지가 않더군요. 당신 같은 사람은 거의 없겠지요?”

“전혀 없습니다.”

“이런 걸 물으면 실례인 건 아는데, 밥은 먹고 사는 겁니까?”

“손가락이나 빨아야 할 처지에 놓인다면, 그때는 개 사료가 있습니다.”

“흥. 개밥도 싸지는 않을 텐데.”

우메즈는 장갑을 끼면서 내가 몰고 온 사륜구동 자동차에 눈길을 주었다. 연식도 오래됐고 차체에 흠집이 잔뜩 나 있는데다가, 흙탕물이 튀겨 말라붙은 채 방치된 상태의 타이어를 장화 발끝으로 가볍게 툭 찼다.

“차가 이것밖에 없습니까? 범퍼가 죄다 상처투성이로구먼.”

나는 대답했다.

“벤츠랑 할리를 들이박아 버렸거든요.”

3

어젯밤 지어놓은 밥이 아직 남아 있어서, 점심으로 볶음밥을 만들었다. 큼직한 프라이팬에 양파, 당근, 베이컨, 통조림 형태로 판매되는 바지락살, 그리고 뒷산에서 딴 엄지손가락 마디만 한 크기의 버섯을 때려 넣고, 2인분의 밥을 볶았다.

재료들이 지글지글 소리를 내는 프라이팬을 키질하듯 위아래로 흔들자 불꽃이 확 일었다. 소금과 후추로 간을 하고, 향을 내기 위해 다진 파를 뿌렸다. 불을 끄고 프라이팬 가장자리에 간장을 살짝 둘렀다. 순식간에 향기로운 냄새를 피워 올리는 볶음밥을 이등분했다. 반을 조의 식기에 덜어주었다.

빙하처럼 차가운 수제 자두 주스와 뜨거운 홍차를 곁들여 점심 식사를 했다. 품도 돈도 들지 않는, 게으름뱅이에다 지갑도 얇은 탐정의 점심이다.

나는 테라스에 나가서 전용 의자에 앉아 기지개를 쭉 켰다. 조가 자기 전용 위치로 와서는 바닥에 엎드려 누웠다. 앞발에 고개를 묻은 모습이 마치, 벌이가 시원찮은 주인의 미래를 염려하며 향후 어떻게 처신해야 하는가를 고민하는 것같이 보이기도 했다.

어제 오후는 그레이스토크의 혈통서를 복사한 다음, 그것을 가지고 동물애호센터라 이름을 변경한 임시 보호소들을 돌았다. 눈곱이 낀 늙은 애완견에다 지나치게 살찐 고양이……, 주인이 버렸을 게 분명한 애완동물들을 넌더리가 날 만큼 보았다.

그레이스토크는커녕 제인도 없었다. 허탕 칠 게 뻔하다는 것을 알면서도, 나는 일단 거쳐야 할 과정을 밟았다.

초보적이라 해도 좋을, 기본적인 작업을 해치우고 나니 그다음에는 무엇을 해야 할지 막막했다. 언제나 그랬다. 오리무중 속에서 발버둥 치는 사이, 사소한 일에서 행동 방향을 찾아내곤 했다. 나는 몸을 움직여 발로 뛰는 게 특기이고, 파트너인 조는 자는 게 특기인 탐정 콤비다.

집 앞의 커다란 종가시나무가 수만일지 수십만일지 헤아릴 수 없을 만큼의 잎들을 바람에 나부끼며 반짝반짝 빛나고 있었다. 피부에 상쾌하게 와 닿는 바람과 함께, 귀한 손님이 찾아왔다.

사도(私道)를 따라 이쪽으로 오는 낡은 어코드를 전에도 본 적이 있었다. 집 앞에 멈추어 선 차에서 가네마키 도타와 에미, 그리고 고유키가 내렸다.

"오랜만에 뵙네요."

가네마키가 고개 숙이며 인사했다. 행복한 기운이 온몸에 감도는 에미가 깊숙이 고개를 숙였다.

"이게 누구신가, 고유키잖아. 그새 많이 컸는데?"

반년이 채 못 되는 시간 동안 소년은 훌쩍 키가 자랐고, 허약한 태를 제법 벗었다.

"자, 다들 올라와요. 집 안으로 들어갑시다."

작년 말에 관여한 사건으로 알게 된 세 사람이다. 사냥개 수색을 전문으로 한다는 것을 간판으로 삼아온 내가, 재작년에는 맹도견을 찾으러 다녔고, 작년에는 바로 이 고유키와 순록을 쫓았다.

돌이켜보면 두 사건 다 신기하게도 크리스마스이브에 해결되었다.

펑펑 내리는 눈 속에서 결말을 맞이한, 꿈 같은 사건이었다.

에미와는, 고유키가 실려 간 병원에서 처음 만났던 게 전부였다. 얼굴이 새파랗게 질린 채 뛰어 들어왔던 젊은 여자를 보자마자, 이 사람이 에미라는 것을 알았다. 그때 나는 가네마키 도타라는 청년이 지닌, 사물과 사람을 꿰뚫어보는 눈과 표현력에 경탄하지 않을 수 없었다. 에미라는 사람은, 가네마키가 들려준 이야기를 통해 내가 상상했던 인물과 한 치도 다르지 않았기 때문이다.

두 사람이 가족이라는 이름으로 하나가 되었다는 사실은, 물을 필요도 없었다. 서로를 사랑하는 마음으로 부부가 된 젊은 남녀는 때 묻지 않은 순수함으로 풋풋하게 빛나고 있었다.

"그때는 정말 큰 힘이 되어주셨습니다."

변함없이 수염을 덥수룩하게 기른 가네마키가, 맑고 또렷한 눈으로 나를 바라보았다.

"자네가 해결한 거지. 나는 따라 다니기만 했을 뿐이야."

"덕분에 고유키가 딴사람처럼 밝아졌어요. 왠지 어른이 된 것 같아요."

에미가 말했다.

"이제 빨간 털모자는 어울리지 않겠군."

고유키는 조에게 다가가, 무서워하는 기색도 없이 머리를 쓰다듬었다. 조가 냉큼 꼬리를 한 번 흔들었다. 귀염성이라고는 눈곱만큼도 없는 이 개가, 아양을 떨었다. 고유키가 다정하게 속삭이면서 목걸이에 사뿐히 손을 가져다 대고 꼬드기자, 조는 마지못해 일어나 고유키와 함께 나갔다.

"저 녀석이 어쩐 일이지."

나는 중얼거리면서 멀어지는 조를 지켜보았다. 가네마키가 말했다.

"까다롭기 짝이 없는 개가, 엄청 다정하게 변했네요."

조가 변했을 리가 없다. 고유키라는 소년은 단박에 동물을 안심하게 만드는 신비한 힘을 지니고 있는 것이다.

고유키가 방을 나간 덕에 운을 떼기가 편해졌는지, 두 사람은 그 후의 경과를 간단하게 추려 이야기하기 시작했다. 에미는 고유키 가출 사건이 마무리된 후 기타 조켄과 헤어졌고, 맨몸으로 가네마키에게 갔다.

가네마키는 프리랜서로 활동하며 텔레비전 광고와 단편영화의 기획 및 연출을 시작했다. 꽤 바쁘다고 한다. 에미는 경리를 했던 경험을 살려 파트타임으로 일하고 있다고 했다. 고유키는 미노오에 있는 집으로는 두 번 다시 돌아가려 하지 않고 있으며, 아버지와 형에 대해서는 한 마디도 꺼내지 않는다고 한다.

고유키의 아버지인 기타 조켄은 아내 그리고 아들 중 하나가 없어졌는데도 동요하지 않았고, 아예 관심이 없는 것 같았다.

가네마키의 말을 듣자니, 그가 간파했던 대로 기타 조켄이 내세우던 내추럴리스트를 연기하는 얼굴은 영업용 가면이 맞았다고 한다. 기르는 개와 침을 섞어가며 서로 핥아주는 모습을 텔레비전을 통해 보여주면서 동물애호가인 양 연기하고 있었지만, 아내와 아들, 다시 말해 남자의 가장 소중한 존재에게 이렇듯 냉담하게 나올 수 있다는 건 그가 얼마나 차가운 인간인가를 증명하는 것이라고도 했다.

"잇속에 밝은, 천박한 상인이에요. 엉터리예요."

가네마키는 침이라도 뱉을 기세로 말했다.

"무슨 말인지 알겠어. 그 이야기는 이제 그만하도록 하지. 엉터리인 줄 알아채지 못하는 세상 사람들도 어리석긴 마찬가지야."

나는 말했다.

"그보다, 에미 씨. 난로 위의 주전자 물로 커피를 끓여주실 수 있겠습니까? 손님을 부려 먹어 미안하지만, 당신이 내준 커피가 맛있다며 여기 이 남자가 하도 자랑해서 말이지요."

오카리나 가락이 바람을 타고 들려왔다.

고유키와 조가 돌아왔다. 우아한 산책과 음악 감상 시간을 함께한 조는, 넌덜머리 난다는 얼굴로 전용 자리에서 심통을 내며 잠을 청할 작정인 듯했다. 나는 아껴두었던 럼 케이크를 커다란 접시에 담아내는 것으로 손님을 대접했다.

"아, 맞다."

가네마키가 말했다.

"형수가……, 김계화 씨가, 안부를 꼭 전해달라고 했어요."

김계화는 가네마키의 친형이자 조직폭력단 효도구미의 보스, 가네마키 긴타의 아내다. 이른바 야쿠자들의 누님이다. 재작년 말에 사냥개가 아닌 맹도견을 추적한 사건을 의뢰했던 장본인이기도 하다.

계화의 이름을 들은 순간, 나는 어떤 일을 떠올렸다. 저속으로 촬영한 필름이 영사되듯 눈을 깜박일 때마다 눈꺼풀 안쪽에서 느릿느릿 움직이는 계화의 모습을 느끼며, 나는 다른 일을 생각하고 있었다.

계화는 원래, 사라진 애완견인 퍼그를 찾아달라고 했었다. 나는 거절했다. 애완용 소형견이나 고양이를 싫어해서다. 의뢰를 받아들이겠다는 대답을 이끌어낼 요량으로 효도구미의 조직원들이 고압적인 어조로 을러댔다.

내가 이야기를 들으려고도 하지 않자, 뜻대로 일이 풀리지 않아 애가 탄 계화는 힘 좋고 드세 보이는 경호원을 둘이나 데리고서 노세[能勢] 깊숙한 곳에 자리한 내 요새까지 찾아왔다.

두세 마디 이야기를 나눈 것만으로, 계화는 퍼그에 대한 의뢰를 깔끔하게 단념했다. 상황을 예리하게 판단하는 사람이었고, 영리한 두뇌의 소유자였다. 다른 이야기가 있으니 들어주었으면 좋겠다며 꺼낸 것이 바로, 아시야[芦屋]의 부잣집 손녀딸의 도둑맞은 맹도견 이야기였다.

나는 계화의 이야기를 들으며 그전까지는 조금도 알지 못했던, 사람과 개가 함께 어울리며 살아가는 방식을 배우기에 이르렀고, 감명을 받았다. 그리고 맹도견을 찾아달라는 의뢰를 받아들였다.

눈앞에 있는 가네마키 도타는, 형과는 아무 관계가 없는 견실한 생활을 꾸리는 남자였으나 형수인 계화와는 어째서인지 마음이 맞는다고 했다. 계화도 소설을 즐겨 읽었고, 영화 보기를 좋아하는 사람인 모양이다.

가네마키는 작년에 우연한 일을 계기로 실종된 소년과 순록, 다시 말해 고유키와 수르랑의 뒤를 쫓게 되었을 때, 전부터 형수에게 내 이야기를 들었던 것을 떠올리고서 날 찾은 것이다.

럼 케이크와 커피를 앞에 두고 김계화의 이름을 들은 순간, 내 머릿속에 어떤 생각이 번뜩 스쳤다.

계화와 처음 만났을 때, 애완견 수색은 거절한 대신 개가 사라졌을 경우 일단 해두어야 할 일들을 두세 가지 가르쳐줬었다. 임시 보호소를 뒤질 것, 그리고 개를 찾는다는 내용의 포스터나 전단을 만들어 뿌릴 것, 등이었다.

개의 전신사진을 넣고 특징을 기재한 인쇄물을 만든다. 유효한 정보를 제공하는 사람에게는 사례하겠다고 덧붙여도 좋다. 개가 사라진 장소를 중심으로 동심원을 그리듯 범위를 넓혀가며 동네 전봇대와 벽에 붙이거나 지나는 사람들에게 나누어주는 것이다.

이 방법을 통해 계화는 애견을 되찾을 수 있었다.

"가르쳐줬다고 생각했는데 오히려 가르침을 받는 처지가 될지도 모르겠다, 라고 형수님께 전해줘."

나는 가네마키에게 말했다.

"무슨 소리예요?"

돌아갈 채비를 하면서 가네마키가 말했다.

"휘파람 부는 법이 생각났다……고 해줘도 되고."

"무슨 말이에요? 그게……, 아니다, 물어봤자 뭐하겠어요. 류몬 씨나 형수나 둘 다 금욕적인 주제에 경구(警句) 주고받기나, 아니면 신랄한 대화나 즐기는 것 같으니까요."

가네마키는 에미와 고유키를 이끌고 돌아갔다.

4

지난번에 받은 명함 속 번호로 전화를 걸었더니, 마침 그때 사무소에 있었던 우메즈와 통화할 수 있었다. 개를 찾는 포스터에 관해 이야기한 다음 포스터를 만들었으면 좋겠다고 말해보았다.

"돈이 필요합니까? 얼마가 들건 신경 쓰지 마세요. 효과가 있겠다 싶은 건 뭐든지 하십시오. 뭐라도 알려준 사람에게 사례금 주는 것도 당신한테 일임할 테니. 워낙 좋은 개라서 말이지요……."

포스터 건은 그렇게 마무리되었다. 잠깐 뜸을 들인 뒤 우메즈는 말했다.

"무슨 말인지 당신은 아마 이해할 텐데, 바이마라너는 회색빛 벨벳으로 지은 체스터필드(chesterfield)를 입고 태어나는 개입니다."

바이마라너의 털이 지닌 아름다움을 멋들어지게 표현한다고 생각하면서 나는 말했다.

"네. 하지만 그건 매일 공들여 보살피고, 솔질도 해가며 정성껏 돌봐주었을 때의 이야기지요."

"……."

"당신처럼 개를 좋아하는 사람이, 그런 식으로 키우는 건 말이 안 됩니다."

결국 입 밖으로 꺼내고 말았다. 이렇듯 곧잘 손님의 화를 돋우는 탓에 일거리를 잃는다.

"알고 있습니다. 개가 돌아오면 다시 생각해보지요."

이 남자의 도량과 대범한 기질은 타고난 것이리라. 그럼 이만 끊겠습니다, 라고 하면서 나는 수화기를 내려놓으려고 했다.

"참, 탐정 양반. 깜박하고 안 물어본 게 있는데, 당신 독신입니까? 우리 집사람의 동생……이라고는 해도 열두 살이나 차이 나긴 하지만……, 안 데려갈래요? 집사람이랑 똑 닮아서 아주 미인인데다가, 뭐니 뭐니 해도 자기 소유의 땅도 있습니다."

우메즈라고 하는 이 남자는 나를 자주 놀라게 한다. 어제 만난 게 전부인 내게 혼담을 꺼낸다. 처제를 신부로 맞이하라고 하는 것이다. 마치 새끼강아지를 데리고 가라는 식으로.

산속에 있는 이 집은 날이 저무는 게 이르다. 이미 바깥은 컴컴했으나, 나는 그레이스토크의 혈통서를 들고서 차를 몰고 외출했다. 무리한 요청을 몇 번이고 들어주었던 인쇄소에 포스터 제작을 맡기기 위해서다.

일을 맡기고 집으로 돌아오니 밤이 깊어 있었다. 나름대로 일이라는 것을 한 날이었다. 더는 무엇을 할 기력도 없어서, 침대에 털썩 쓰러졌다.

이튿날 아침에 눈을 뜨자마자 간밤에 저녁을 먹지 않고 잤다는 사실을 깨달았다. 손해도 이런 손해가 없다고 생각했다.

여느 때와 다름없는 아침 식사를 마친 뒤 한동안 자라는 대로 내버려두었던 수염을 깎았다. 그러나 수염이 너무 많이 자라났는지, 그중 몇 가닥은 브라운 면도기의 면도날이 헛돌기만 할 뿐 제대로 깎이지 않았다.

오랜만에 면도칼을 쓰기로 했다. 거울 속에는 이미 중년에 접어든 남자의 얼굴이 있었다. 뜬금없이, 어제 가네마키에게 들었던 말이 머릿속에 되살아났다.

"플라토닉하다고? 다른 사람도 아닌 내가……."

딱히 금욕주의자로 살아갈 작정을 한 건 아니지만, 좋아하는 여자 앞에서는 특히 그렇게 되는 것 같다. 180센티미터에다 72킬로그램인 건장한 남자 주제에…….

괴짜 주인장이 밤을 새워 일한 인쇄소로 가서, 방금 인쇄되어 나온 따끈따끈한 포스터를 받아들었다.

"노인네 솜씨라면 위조지폐도 찍을 수 있겠는데?"

그렇게 말하자, 주인장은 흘러내린 안경테 위로 눈을 치뜨고 나를 힐끗 보았다.

"어울리지도 않는 칭찬일랑 집어치워."

나는 우메즈 건설의 창고와 가까운 차도, 사람들이 오가는 길의 전봇대에 포스터를 붙였다. 가게 주인들에게 부탁하여 가게 앞에도 붙였다. 일부 주인들에게는 포스터를 직접 보여주면서 물어보았다. 회색 개를 본 적이 있느냐고.

작업을 다 마치니, 더는 할 일이 없었다. 노세에 있는 집으로 돌아가 겉옷을 벗은 다음 50cc짜리 오프로드 바이크에 올라타고 뒷산으로 향했다. 바람에 쓰러진 나무를 베어 가지를 쳤다. 도끼를 휘둘러 나무를 베는 일——이 소박한 행위가, 나는 무척이나 좋았다.

가지를 쳐내고 통나무 형태로 다듬은 도목(倒木)을 로프로 묶어 헛간 앞까지 끌고 왔다. 그러기를 몇 차례 반복한 후 발전기를 돌려서는, 전기톱을 들고 도목을 장작 길이로 가지런히 켰다. 헛간 처마 밑에 우물 정 자 모양으로 짜서 쌓아올리고 나자 땀이 줄줄 흘렀다.

웃통을 벗고 헛간 바닥에서 팔굽혀펴기를 했다. 발끝을 세워 150회 했다. 심호흡을 한 후 이번에는 윗몸 일으키기를 100회 했다. 근육이 살짝 단단해지는 게 제대로 느껴졌다.

샤워를 하고 속옷을 갈아입으니 기분이 개운해졌다.

향기로운 바람이 아낌없이 밀려드는 창가에 테이블을 끌어다 놓았다. 낡은 목조 전봇대로 지은 이 통나무집에는 어울리지 않으나, 만일 창문에 레이스 커튼이라도 달려 있었다면 불어오는 바람에 나부껴 앤드루 와이어스(Andrew Wyeth)[14] 풍의 그림 같은 풍경을 연출할 터였다.

존 제임스 오듀본(John James Audubon)[15]이 그린 묵직한 조류도감을 테이블 위에 올려놓았다. 5킬로그램이나 되는 커다란 도감은 손에 들고 보기에는 너무 무겁다. 431종에 달하는 아름답고 정밀한 새 그림을 보고 있노라면, 마음이 누그러진다.

오듀본과 무언의 대화를 즐기는 동안, 깜박 졸았던 것 같다. 바람에 날려 온 나뭇잎이 얼굴에 부딪혀 눈을 떴다. 아직 본 적 없는 휩푸어윌(whippoorwill)[16] 페이지를 펼쳐놓은 채, 낮잠에 빠져든 것이다.

산림에 해가 떨어지려 하고 있었다.

5

"벽보를 봤는데요."

전화기 너머의 남자가 말했다.

---

14) 미국의 화가(1917~2009). 아메리칸 리얼리즘의 대표주자이면서, 널리 사랑받은 화가이기도 하다. 〈크리스티나의 세계(Christina's World)〉(1948)가 특히 유명하다.

15) 미국의 화가이자 조류학자(1785~1851). 자연 그대로의 환경 속에서 북아메리카의 조류를 지극히 사실적으로 그린 〈미국의 조류(Birds of America)〉(1838)로 이름이 높다.

16) 북아메리카에 사는 쏙독새.

"개에 관한 일로 전화했습니다."

"고맙습니다. 그럼 이야기를 들려주시겠습니까?"

나는 남자가 긴장하지 않도록 가능한 한 온화하게 들리게끔 말했다.

"벽보에 있는 사진이랑 똑같이 생긴 개를 봤거든요."

"언제 보셨지요?"

"언제라고 할 것도 없어요……. 매일 밤 봅니다. 뭐, 비번인 날도 있지만."

"매일 밤이라고요? 밤에 말입니까?"

"초저녁일 때도 있고, 심야일 때도 있습니다."

나는 수수께끼를 듣고 있는 것 같았다. 남자가 무슨 말을 하는 건지 도통 알아들을 수가 없었다.

"개를 보신 데가 어디지요?"

나는 그만, 물어보았다.

"그 전에, 사례금이 어떻게 되는지……."

남자는 말했다. 세상 물정에 밝다고 해야 하겠으나, 얌체 같다는 느낌은 들지 않았다.

"당연히 드리지요. 알려주신 개가 이쪽에서 찾고 있는 개가 맞을 때는 5만 엔입니다. 그렇지 않았을 경우에는 1만 엔이고요. 그 자리에서 바로 드립니다."

나는 그렇게 대답했다.

"그래요? 고작 전화 한 통 넣는 정도일 뿐인데."

남자는 혼잣말하듯 중얼거린 후에 말했다.

"전화 받는 분은 개 주인이신가요?"

"포스터에는 이름과 연락처만 적었지만, 사실 저는 사라진 개를 찾는 일을 하는 사람입니다. 사례금에 관해서는 제가 알아서 하기로 했고요."

굳이 하지 않아도 될 말까지 했다.

남자는 말했다.

"그러시면, 이쪽으로 오셔서 개를 확인해보시겠어요. 아 참, 저는 택시 기사입니다. 와키타라고 합니다."

"어디에서 만나는 게 좋겠습니까?"

내일은 당번이라고 한 남자는, 오후 6시에 우메다[梅田]의 마루비루[丸ビル][17]……라 불리는 다이이치 호텔 앞을 약속 시간과 장소로 지정했다. 거기라면 4, 5분 정도는 세워둘 수 있다고 말하며, 택시 회사의 이름 및 차량 지붕에 달린 표시등의 마크와 번호를 일러주었다.

"당신인지 알려면 어떻게 해야 하나요?"

전화 속 남자가 물었다.

"노란색 지프……, 고물 사륜구동을 끌고 갈 겁니다. 국산 자동차입니다. 실내등을 켜두겠습니다."

알겠습니다, 라고 남자는 말했다. 전화는 그것으로 끝이었다.

포스터를 붙이는 초보적인, 그러나 기본적인 방법이 또 효과를 발휘한 것이다.

그날 밤에는 비가 왔다. 점심때가 지나고 나서부터 내리기 시작한 비는, 퍼붓는 정도는 아니었어도 그칠 기미는 보이지 않았다. 장마에 접어든 것이리라.

---

17) 오사카 시 기타 구 우메다에 있는 빌딩으로, 원통 모양의 고층 빌딩이라 이런 이름이 붙었다고 한다.

와키타가 모는 택시는 금세 알아볼 수 있었다. 나는 도로 반대편에서 라이트를 수차례 깜박인 후 차에서 내렸다. 빗속을 달려 택시까지 갔다. 마루비루의 불빛과 가로등 덕에 거리는 밝았다.

"류몬입니다. 와키타 씨 맞지요?"

남자는 고개를 끄덕이고는, 내 차는 마루비루 주차장에 세우고 택시에 타라고 했다. 나는 그 말에 따랐다.

"태코미터(tachometer)[18)]가 달려 있어서요, 죄송하지만 미터기 좀 켜겠습니다."

"아, 예. 그러시지요."

택시는 오사카 시 중심부를 남북으로 가로지르는 도로인 요쓰바시스지를 타고 남쪽을 향해 천천히 달려갔다.

"하필 비가 올 게 뭐랍니까."

와키타의 목소리에는, 그저 인사치레로 하는 말이 아닌 듯한 뉘앙스가 담겨 있었다.

"비가 오면 안 되는 일이라도 있습니까?"

나는 물어보았다.

"비 오는 날에는 개가 밖으로 안 나오거든요."

이게 무슨 소리란 말인가. 그렇게 무책임한 정보였나, 라는 생각이 들었다.

"무슨 말씀이신지."

이어지는 와키타의 말을 듣고 나는 깜짝 놀랐다.

"그 개는 말이지요, 떠돌이 길거리 가수가 데리고 다녀요."

"떠돌이 길거리 가수요?"

---

18) 회전 속도계.

"사람이 개를 데리고 다니는 건지, 개가 제멋대로 따라다니는 건지는 모르겠지만."

"그렇군요. 그래서 비 오는 밤에는 모습을 볼 수 없다는 말씀이었군요……."

"우산을 받치고서 기타를 들고 있는 가수라니, 모양새가 좀 그렇잖아요."

"무슨 말씀이신지 이해가 됩니다……. 그러면 그 길거리 가수는 어디에서 주로 노래를 하지요?"

"미나미예요. 가끔 기타신치에서도 보이고, 한 번은 신세카이에서 봤더랬지요. 그래도 가장 자주 나타나는 곳은 미나미입니다."

"……."

"길거리 가수가 노래하는 곳은, 물론 뒷골목이지요. 택시로는 가기 힘든, 좁은 일방통행로 같은 곳이에요. 그렇지만 뒷골목이라고는 해도 네온사인이나 거리 불빛 때문에 꽤 밝아요. 지나치면서 힐끗 보기만 해도, 그 짧은 시간에 사람도 개도 잘 보이더라고요."

"보셨다는 게 어떤 개였습니까?"

"거무스름하게 보이긴 했지만 회색이었어요. 윤기가 흐르는 게 뭐랄까, 매끈매끈한 느낌이 드는 회색빛 개입니다."

"분명 그 개가 맞을 겁니다. 내일 밤에 번화가를 돌아다녀 봐야겠어요."

내일은 비번이라고 하는 와키타에게, 나는 일단 2만 엔을 건네며 찾는 개가 맞는다면 남은 3만 엔을 주겠다고 말했다. 모레쯤에 전화를 달라고 하자 와키타는 납득했다.

"그런데 그 길거리 가수는 어떤 느낌의 사람입니까?"

"그게 말이지요. 쉰은 넘겼을 것 같은데, 머리도 까맣고 자세가 좋아 그런지 젊어 보이더군요. 택시 기사 일을 오래 한 사람 말로는 상당히 오래전부터 여기저기 떠돌며 노래하는 사람인 모양이에요."

마루비루로 돌아와서 미터기에 찍힌 요금을 지불하고 택시에서 내리자, 와키타가 말했다.

"고맙습니다, 손님."

6

마루비루의 지하 주차장을 빠져나와 미나미까지 간 다음, 소에몬초 부근의 주차장에 차를 세웠다. 그 일대의 주차장들은 30분 단위로 요금을 매기는 데다 눈이 휘둥그레질 만큼 비싸다. 나는 레인코트를 걸치고 차에서 내렸다. 조는 짐칸에 남겨두었다. 차창 유리를 조금 열어두었다.

에비스바시스지에서 동쪽으로 두 번째, 아니면 세 번째 뒷골목에 있는 가게를 찾아 걸었다. 바, 간단한 요리와 술을 파는 음식점, 노점들이 따닥따닥 즐비하게 늘어서 있었고, 층층이 걸려 있는 원색의 네온사인 간판이 비에 젖어 있었다.

작년 일이다. 마지막 사냥을 한 다음 날에 나라[奈良] 오야규[大柳生]에 사는 히우치 데쓰오와 사냥 동료 몇 명과 뒤풀이를 겸한 회식을 했었다. 히우치는 멧돼지 사냥의 명인이자 멧돼지 사냥 그룹의 리더로, 나하고는 대학 시절부터 가까운 친구다.

소네자키[曾根崎]에 있는 스모차야[相撲茶屋][19]에서 다 함께 창코나베[20]를 먹는 자리였는데, 나도 초대되어 대접받았다. 히우치는 동료를 이끌고 몇 군데 술집을 전전하며 2차, 3차 자리를 이어갔다. 오야규의 산골에 사는 인간인데도, 어느 가게를 가든 히우치를 모르는 데가 없었다.

그때, 여러 업종의 가게가 들어서 있던 인근의 빌딩 지하에 있는 작은 스낵바에도 데려갔었다. 그때의 확실하지 않은 기억에 의지해 그 가게를 찾았다.

보랏빛 등이 켜진 '호세[ホセ]'라는 간판을 겨우 발견했다. 술집과 음식점들만 잔뜩 입주해 있는 임대 빌딩의 지하로 내려갔다. 가게 앞에서 레인코트를 벗은 뒤 탁 털었다. 섬유 보호제인 스코치가드(Scotchgard)를 한 통 다 뿌린 바바리코트가 빗방울을 튀겼다.

가게 안에 다른 손님은 없었고, 초로의 바텐더가 혼자서 유리잔을 닦고 있었다. 싹싹한 목소리로 어서 오십시오, 라고 말했다. 나는 잠자코 스툴에 앉았다.

"뭐로 하시겠습니까?"

"차가 있어서요. 미안하지만 알코올이 들어 있지 않은 거로 부탁합니다."

---

19) 스모협회와 계약을 맺어 스모 경기장에서 입장권 매매를 중개하고 음식물이나 토산품 등을 팔며 접객을 하는 조직 및 점포를 뜻한다.

20) 커다란 나베[鍋]에 제철 생선, 고기, 채소 등의 재료를 함께 넣어 끓여 먹는 요리로, 조리가 간편하고 한 번에 많이 만들 수 있으며 영양소도 골고루 섭취할 수 있고 함께 먹으며 연대감을 쌓을 수 있는 등 리키시[力士, 스모 선수]들에게 적합한 요리라 알려져 있고 일반에도 널리 퍼져 있다.

"무알코올 맥주는 어떠십니까?"

"그걸로 주십시오."

바텐더는 독일산 클라우스탈러(Clausthaler)의 캔을 따고 유리잔에 부으며 말했다.

"히우치 씨는 별고 없으시고요?"

나는 깜짝 놀랐다. 고작 한 번 왔을 뿐인 나를, 히우치가 데려온 사람이라 기억하고 있었다.

카운터 안쪽 벽에 기타가 세워져 있었다. 기타를 치며 노래를 한두 곡 불러주었던 일, 이 가게를 열기 전에는 거리를 떠돌며 노래하곤 했다고 말했던 일 등을 떠올리고, 여길 찾아온 것이다.

나는 견과를 집어 먹으며 말했다.

"이상하다 여기실 수도 있는 질문입니다만, 개를 데리고서 여기저기 떠돌며 노래하는 길거리 가수에 대해 아십니까?"

"아, 다마미즈 씨 말이군요. 사람들이 이야기하는 것을 들었어요. 저는 보시다시피 두더지처럼 햇볕을 쬐지 못하는 생활을 하고 있는 까닭에, 직접 본 건 아닙니다만."

"그 다마미즈라는 분은 어떤 사람이지요?"

"저 같은 사람들의 대선배입니다. 저도 한때는 이 기타를 들고 거리에서 노래를 했었지요."

바텐더는 작은 상자의 서랍을 열고 엽서 크기만 한 사진 한 장을 꺼냈다. 세월의 흐름을 견뎌오며 빛이 바랜 프린트물은, 50명 정도 되는 사람들이 한데 모여 있는 단체 사진이었다.

"옛날 동료들입니다. 길거리 가수들이지요. 그때는 다들 이렇게 모여서, 기타 실력과 노래 솜씨를 서로 겨루곤 했었거든요……."

초로의 바텐더는 깊이 있는 목소리로 차분히 이야기를 이어갔다.

"이 사람이 다마미즈 씨입니다. 엔카 가수인 가스가 하치로 같이 남자답게 생긴 미남인 데다 키도 컸어요. 노래도 잘했고 기타도 잘 쳐서 인기가 대단했었습니다……. 우리 같은 길거리 가수의 리더 같은 존재였고, 다른 사람들을 잘 돌봐주었답니다. 저도 그분이 많이 챙겨주셨어요. 하지만 모두 그만뒀지요. 아직도 이 거리에서 노래를 부르는 건 이제 다마미즈 씨 한 사람뿐입니다."

나는 말했다.

"한 곡 들려주실 수 있겠습니까?"

바텐더는 무심히 기타를 들고 노래하기 시작했다.

떠나는 낙엽이 초겨울 비에 젖어드는데
그칠 줄 모르는 기타 소리
꿈도 희망도 덧없이 사라지고
노래도 눈물로 떠도네[21)]

바텐더는 기타를 내려놓고, 조용한 목소리로 말했다.

"참 좋은 시절이었습니다. 뭐라 표현해야 좋을까요. 그때는 사람의 온기가 있었어요. 지금은, 바로 이 콘크리트 빌딩처럼 냉담하고 데면데면하지요."

"마스터는 플라멩코 기타도 치십니까? 가게 이름이 돈 호세라서요."

---

21) 가수 미우라 고이치[三浦洸一]가 1953년 가을에 발표한 곡 〈落葉しぐれ〉로, 크게 히트한 곡이다.

“아니오, 그런 세련된 이름은 아닙니다. 남김없이 다 마셔라, 할 때의 호세[22]예요.”

취객 너덧 명이 왁자지껄하게 들이닥쳤다. 나는 계산서에 적힌 금액의 두 배를 팁으로 올려놓고 가게를 나섰다. 한나절 주차해두었다가는 내 고물 자동차도 살 수 있을 만큼 턱없는 주차요금을 지불하고 차를 찾았다. 노세에 있는 내 집을 향해 곧장 고속도로를 탔다. 빨갛게 번지는 앞차의 테일라이트를 쏘아보며, 중얼거렸다.

“꿈도 희망도 덧없이 사라지고……인가.”

7

조를 쓰기로 했다. 난바에 있는 주차장에 차를 세웠다. 우메즈에게 빌린 그레이스토크의 목줄 냄새를 맡게 했다. 조는 밤에 번화가를 걷는 게 처음일지도 모르지만, 차에 가둬두는 일에 비하면 산책 수준은 될 것이다. 오사카의 미나미라 불리는 남쪽 지구(地區)인 난바에서 천천히 올라가, 기타신치로 향할 요량이었다.

조는 햇빛 속에서는 은회색으로 보이지만, 숲의 나무 아래에 있을 때나 밤에는 그저 시커먼 그림자가 된다. 고개를 떨구고 소리 없이 걷는 이 커다란 짐승의 존재를 알아차리는 사람은 적다. 나는 에비스

22) ‘남김없이 다 마셔라’는 일본어로 ‘노미호세[飲み干せ]’라 읽는다.

바시스지와 나란히 뻗은 뒷길을 느긋하게 걸었다. 에비스바지스지는 일류 상점과 유명 레스토랑, 백화점이 줄지어 들어서 있으며 휘황찬란하게 밝은 큰길이다. 번화가에도 동전처럼 앞면과 뒷면이 있다. 사람은 동전을 던져서, 어느 면이 나오느냐에 따라 인생의 진로를 정한다.

메인스트리트를 떠도는 길거리 가수는 있을 수 없다. 길거리 가수는 뒷골목에 어울린다. 나는 조를 데리고 오길 잘했다고 생각했다. 길 양옆에는 노지(露地)가 몇 군데나 있고, 작은 규모의 음식점이 처마를 잇대고는 빼곡하게 들어차 있다. 주위가 이렇다 보니 내가 구석구석 살펴볼 수 있을 리가 없다. 조의 후각 쪽이 월등히 확실하다.

에비스바시스지 좌우로 난 뒷길을 걸어 나가호리가와스지에서 방향을 틀었다. 여기보다 북쪽으로 가면 분위기가 싹 바뀌는데, 거리에서 노래하며 장사하기에는 적합하지 않은 한산한 거리가 나온다. 호세의 마스터가 알려준 다마미즈 같아 보이는 남자는 고사하고, 떠돌이 가수는 단 한 명도 보이지 않았다. 기타신치 일대를 걸어보기로 했다.

미도스지 서쪽은 기타신치와 비교할 때 동쪽 구역은 훨씬 서민적이면서 개방적인 느낌으로 가득했다. 사람들은 실컷 웃고, 먹고, 마시고, 큰 소리로 떠들며 에너지를 마음껏 발산하고 있었다.

카스바(qaşba)처럼 복잡하게 얽혀 있는 지구를 하나하나씩 걸으며 넓고 어두운 거리로 빠져나왔다. 간사이테레비 건물의 전등 장식이 보였다.

도로에는 손님을 기다리는 무선 택시가 저마다 표시등을 켜고 줄지어 대기하고 있었다. 불법 주차한 자전거와 바이크 때문에 좁아진

보도 한쪽에는, 폭이 한 간(間) 정도인 가게들이 드문드문 들어서 있었다. 그때 조가 본격적으로 냄새를 맡기 시작했다는 것을 알 수 있었다. 지면 위를 킁킁거리며 걷는 속도가 빨라졌다.

찾았다! 기타를 손에 든 남자 하나가 앞쪽에서 걸어가고 있었다. 개가 그 뒤를 따르고 있다. 나는 조를 제지했다. 앞쪽에서 걷는 개를 보았다. 가게에서 흘러나오는 불빛에 기대어 개의 털색과 윤기를 확인해보니, 바이마라너 같았다.

남자는 얇은 갈색 트위드 재킷에다 검은 바지 차림이었다. 현이 있는 부분이 안쪽으로 오게끔 해서 왼손에 기타를 들고 있었다. 호세의 마스터가 말한 다마미즈라는 길거리 가수라 짐작되었다. 저 연령대의 남자치고는 키가 컸고 군살도 붙지 않은 체격 같았다. 개는 그레이스토크가 분명하다고 생각하면서, 한동안 뒤를 따라 걸으며 상황을 지켜보기로 했다.

길거리 가수는 술집 한 곳을 들여다보았다. 단골 가게이겠거니 했다. 손님 몇 명이 환호하며 그를 맞아들이는 것 같았다. 길거리 가수는 몸을 옆으로 돌리고 가게 안으로 스륵 들어갔다. 그의 몸놀림에는 모종의 숙달된 분위기가 있었다.

떠돌이 길거리 가수는 추운 날에도 코트를 입지 않는다. 그도 그럴 것이, 좁은 가게 한구석에서 기타를 치며 노래할 때마다 매번 코트를 벗어둘 장소를 찾아 헤매는 촌스러운 짓은 못 한다……고 호세의 마스터가 말했다.

가게 안에서 길거리 가수의 노래와 기타 소리가 들려왔다. 바이마라너는 가게 앞에 앉아서 침착하게 기다리고 있는 듯 보였다. 개가 제 의지로 길거리 가수를 졸졸 따라다니는 게 분명했다.

길거리 가수는 담담하게 노래 세 곡을 부른 뒤 가게를 나섰다. 남자는 천천히 걸어갔고, 개가 그림자처럼 따라갔다. 말을 걸어야지 하면서도, 나는 남자와 개가 자아내는 기묘한 풍경에 마음이 끌려 가만히 따라갔다.

덩치 큰 남자 셋이 맞은편에서 나란히 걸어왔다. 그들이 흠뻑 취해 있다는 건 척 보기에도 알 수 있었다. 타인을 위협하는 땀 냄새를 시위라도 하듯 풀풀 풍겨대는 거한이, 큰 소리로 떠들며 세 명이나 오고 있는 것이다.

길거리 가수는 가게 처마 밑에 붙어 길을 터주며 방약무인한 세 명을 지나가게 하려고 했다. 덩치 중 하나가 눈 빠르게 길거리 가수의 기타를 보았다.

"이게 누구야. 한 손에 기타를 든 떠돌이 가수 아니신가."

남자들 옆으로 빠져나가려던 길거리 가수에게, 남자는 "한 곡 뽑아봐"라고 말하며 몸을 바싹 들이밀고 길을 막아섰다.

길거리 가수는 길을 가로질러 늘어선 자전거 사이를 비집고 빠져나가서는 차도에 내려서려고 했다. 도망치는 느낌도 아니었고, 거절해서 미안하다는 기색도 없는 그의 침착한 모습을 지켜보고 있었다.

다른 덩치 하나가 길거리 가수의 팔을 잡았다.

"어딜 가셔. 노래하는 게 직업이잖아. 공짜로 불러달라고는 안 한다니까."

나는 몇 발짝 가까이 다가가서 길거리 가수를 잡고 있는 거한의 손 위에 내 손을 얹었다. 급소를 손가락을 누르며 관절을 꺾었다. 거한은 신음하며 길거리 가수에게서 손을 뗐다. 나는 길거리 가수에게 말했다.

"자, 가던 길 가세요."

"무슨 짓이야! 형씨, 한판 붙어보자는 거야?"

거한은 그렇게 말하고 두 손에 힘을 잔뜩 싣고서는 내 어깨를 밀쳤다. 나는 몸을 피하면서 남자의 턱에 주먹을 날렸다. 남자는 순식간에 맥없이 주저앉았다. 뇌진탕을 일으킨 것이다. 나를 밀쳤던 양손이, 부탁이니 제발 때리지 말라는 듯한 포즈를 취했다.

나는 남자들을 대학 스모부에 속한 자들이라 가늠하고 있었다. 100킬로그램도 넘는 거구와 정정당당히 붙어봤자 승산은 없다. 턱을 쓰거나 방어하는 일은 익숙하지 않을 것이었으므로, 격렬한 어퍼컷으로 대응한 것이다.

한가운데에 있던 남자가 온몸으로 부딪쳐 왔다. 나는 옆으로 풀쩍 뛰어 피하면서 남자의 정강이를 걷어찼다. 워커부츠 바닥에서 퍽 하는 소리가 났다. 앞쪽으로 기우뚱하며 쓰러질 듯 공중에서 헤엄치는 남자의 귀 뒤쪽에다 펀치를 냅다 날렸다. 남자는 늘어선 자전거들 사이로 뛰어드는가 싶더니, 쓰러졌다. 조가 남은 하나에게 뛰어올라 덤벼들었다. 나는 날카롭게 호령하며 조가 공격하려는 것을 중지시켰다.

맨 처음 길거리 가수에게 트집을 잡으며 걸고넘어졌던 남자가 창백해진 얼굴로, 조에게 습격당한 목을 손으로 누르며 휘청거리고 있었다. 내가 공격하게 했다면 조는 남자의 목을 물어뜯어 갈기갈기 찢어놓았을 것이다.

"여기 이 늑대는 말이야, 돼지고기를 좋아하거든. 한 입 먹게 해줄 텐가?"

나는 남자에게 그렇게 말해주었다.

남자는 도리질을 치며 뒤로 물러섰고, 갑자기 몸을 홱 틀더니 우당탕거리며 꽁무니 빠지도록 도망갔다. 쓰러진 친구를 신경 쓰는 척도 없었다.

"대단해!"

사람들의 목소리가 들려서 돌아보자, 술집과 포장마차 손님들 중 몇몇이 언제라도 도망칠 수 있도록 몸을 반쯤은 가게에 남긴 채 주뼛거리며 구경하고 있었다. "엄청 세다.", "뭘 어떻게 한 건지 제대로 보이지도 않았어.", "저기 저 처자고 있는 놈들한테 베개라도 갖다 줘야 하는 거 아냐?", "물이나 끼얹으라지." 같은 말들도 들렸다. 나는 조를 데리고 재빨리 자리를 떠나려고 했다.

"저기……."

등 뒤에서 나를 부르는 듯한 소리가 들렸다. 뒤돌아보니 길거리 가수가 서 있었다.

"누구신지는 모르겠으나, 정말 감사했습니다."

남자는 깊숙이 고개를 숙였다.

"아직도 계셨군요. 저, 실례지만 다마미즈 씨이십니까?"

남자는 깜짝 놀란 모양이었다.

"어떻게 저를 아시는지……. 예, 다마미즈라고 합니다."

"실은 오늘 밤 당신을 찾아다니고 있었습니다. 바로 조금 전까지, 당신인 게 틀림없다고 여겨지는 사람을 발견해서 잠시 뒤를 쫓던 중이었고요."

"저를 찾으셨다고요? 무슨……, 일이신지."

나는 단도직입적으로 말하기로 했다.

"개 때문입니다. 당신이 데리고 있는 개에 대해 여쭐 게 있어서요."

"아아, 이 녀석 말이군요. 이 개의 주인이신가요?"

나는 그 한마디로 안도의 한숨과 함께 마음이 편해졌다. 다마미즈는 바이마라너가 본인의 개라고 주장할 마음이 없는 것이다. 나는 말했다.

"주인의 부탁을 받아 개를 찾고 있던 사람입니다……. 어디 다른 데 가서 잠깐 이야기를 나눌 수 있을까요?"

"알겠습니다. 조금 가면 아는 가게가 있습니다."

나는 다마미즈라고 하는 길거리 가수와 나란히 걸었다.

"오늘 밤은 좀 쌀쌀하군요."

다마미즈가 말했다.

조는 나를 따라, 바이마라너는 다마미즈를 따라 걷고 있었다. 조는 원래 그런 개이지만, 바이마라너 또한 조를 무서워하지도 짖지도 않았다. 과연, 독일 귀족이 아끼던 조렵견이라 할 만했다. 사람이든 개든, 태생이 나쁜 것들일수록 쉽게 짖는다.

다마미즈가 데리고 간 곳은 붉은 등롱이 걸려 있는 라멘 가게였다. 자욱한 김과 음식 냄새와 함께, 쉰쯤 되어 보이는 주인장이 "어서 옵쇼"라고 인사하며 우리를 맞아들였다. 일고여덟 명 정도면 꽉 찰 듯한 작은 가게였다. 남녀 손님 몇 명이 라멘을 후루룩거리며 먹고 있었다.

다마미즈는 가게 가장 안쪽의 구석진 데로 들어가 판자벽 옆의 간이 의자에 나를 앉힌 후, 바로 옆에 앉았다. 가게 앞에서 다마미즈는 "여기는 개를 데리고 들어가도 됩니다"라고 말했다. 두 마리의 검은 개가 소리 없이 가게에 들어와서는 남의 눈에 띄지 않는 우리 발치에 웅크리고 있다는 것을 알아차리는 사람은 없었다. 다마미즈는 "메뉴가 라멘밖에 없긴 합니다만"이라며 먼저 양해를 구하고는 주문했다.

주인장이 종이 마개를 딴 커피우유 병을 다마미즈 앞에 놓았다. 다마미즈는 한입에 절반가량을 마셨다. 이 가게에 오면 항상 마시는 것 같았다. 보고 있자니, 불을 줄인 가스레인지 위에 세숫대야처럼 생긴 알루미늄 그릇이 올려져 있었고, 마개가 반쯤 열린 우유 몇 병이 데워지는 중이었다.

차슈[23] 한 쪽, 멘마[24] 듬뿍, 얇게 썬 나루토[25] 한 쪽, 구운 김과 잘게 썬 파를 얹은 심플한 라멘은, 맛있었다. 국물의 마지막 한 방울까지 남기지 않고 비웠다.

다마미즈가 이야기를 꺼냈다.

"이 개가 바이마라너 종의 사냥개라는 건 알고 있었습니다. 예전에 저도 개를 키웠었거든요."

"……."

"그 개는 죽었지만, 개집은 마당 구석에 아직 그대로 있어요. 어느 날 아침에 보니까 개집에 이 녀석이 있더군요."

나는 물었다.

"다마미즈 씨. 사시는 데가 어디지요?"

"이마미야[今宮]입니다. 이마미야에비스 쪽이지요."

"이마미야라고요?"

---

23) 중국식의 돼지고기 구이. 돼지의 넓적다리나 등살을 술이나 향신료를 친 간장에 절여서 구운 것.

24) 유산발효시킨 죽순에 맛을 낸 가공식품으로, 일본에서는 주로 라멘에 얹어 먹거나 술안주로 널리 쓰인다.

25) 정식 명칭은 나루토마키[鳴門巻き]로, 절단면에 소용돌이 모양이 나타나도록 식용 색소로 붉게 색을 낸 어육을 흰색 어육으로 말아서 만든 일본식 어묵의 일종이다.

"밤늦은 시간에는 걸어서 집으로 돌아가기 때문에, 미나미에서 그리 멀지 않은 데가 좋아요. 이마미야에 산 지 30년이 됩니다. 거리에서 노래를 불러도 벌이가 좋았을 시절에 샀던 집입니다."

"이 개가, 제가 찾고 있던 개가 맞는다면 원래 살던 곳인 히라노[平野]의 산속에서 이마미야까지 걸어서 갔다는 셈이 됩니다. 상당히 걸었겠는데요."

"주인이 있다는 걸 알게 되어서 다행입니다."

"찾고 있던 바이마라너의 이름은 그레이스토크라고 합니다. 물론 혈통서가 있는 사냥개입니다만, 개 목걸이에 인식표를 달지 않은 바람에……."

"예, 그런 게 보이지 않아서 그만 제가 거두고 말았습니다. 딸아이도 저처럼 개를 무척 좋아해서 그 아이가 보살피고 있지요. 하지만 어째선지 저를 따르는 바람에, 보시다시피 이렇게 따라다닙니다."

다마미즈는 남은 커피우유를 마저 마셨다. 발치에 웅크리고 있는 개에게 "그레이스토크" 하고 불렀다. 바이마라너는 고개를 들고 다마미즈를 보았다. 이름을 불리자 개는 뚜렷한 반응을 보였다.

"당신이 찾고 있다는 개가 맞는군요. 하긴, 바이마라너는 전신이 회색 털로 덮여 있는 데다 세터나 포인터같이 얼룩얼룩한 무늬가 없으니 얼핏 봐선 구별하기 힘들 겁니다."

나는 말했다.

"개를 넘겨주시는 거지요?"

"당연한 말씀을요."

다마미즈는 나를 보며 말했다.

"임시 보호소에 보낼까 생각도 해봤는데, 자칫하다가는……. 그런

곳은 찾아가는 사람이 없으면 좋은 사냥개든 들개든 가리지 않고 죽이니까요."

"당신 같은 사람이 거두어서 다행입니다."

"아닙니다. 먹이를 주며 돌본 건 딸아이인걸요."

우리는 가게를 나섰다. 소네자키에 있는 24시간 주차장에 차를 세워두었다고 하니, 다마미즈는 거기까지 걸어가자고 한다.

"호세의 마스터를 아시지요?"

내가 말했다.

"아, 다바타 말씀이시군요. 예전 동료입니다."

"당신이 많이 챙겨줬다고 하더군요. 어젯밤에 이야기를 좀 들었습니다."

"현명한 사람이었어요. 20년도 더 전에, 거리의 가수로 살아가는 것을 정리하고 가게를 열었습니다."

취객들의 발걸음도 뜸해진 무렵이었다. 나는 말했다.

"이 지역에서 길거리 가수라 할 만한 사람은, 이젠 당신 하나뿐이라고 하더군요."

"그런 듯합니다. 노래를 청하는 손님들이 부쩍 줄어들고 말았으니까요."

다마미즈는 재킷의 옷깃을 세웠다. 한숨과도 같은 깊은 목소리로 말했다.

"40년 동안 이 일을 해왔지만, 이제 슬슬 관둘까 싶습니다."

나는 개 두 마리를 차에 실었다.

"사사로운 일을 여쭙습니다만, 매일 늦은 시간에 집으로 돌아가실 텐데, 아내분께서는 안 주무시고 기다리고 계십니까?"

"아내는 반년 전부터 쭉 입원한 상태입니다. 그래서 딸아이와 둘이 살고 있지요……. 그 아이도 다음 달에 결혼합니다."

나는 차에 올라타며 말했다.

"주인에게 말해서 이 녀석을 돌봐주신 일에 대해 사례를 하도록 하겠습니다."

"그러실 것 없습니다. 좋아서 한 일이니까요."

"지금껏 보살펴주셔서 정말 감사했습니다."

"감사하다는 말은 제가 드려야지요. 위험한 상황에서 구해주셨지 않습니까. 그나저나 정말이지 멋졌습니다. 무예를 익히는 분이신가요?"

"아니오, 사냥개만 전문으로 하는 인기 없는 탐정입니다."

나는 어떤 생각이 떠올라 말했다.

"다마미즈 씨. 언제 아내분 문병을 가고 싶은데, 어떠실지요."

"그래주신다면 아내가 분명 기뻐할 겁니다. 온종일 누워 지내는데다가 요즘은 눈도 잘 보이지 않게 되었지만, 손님 오는 것을 반기는 사람이거든요."

"꼭 문병 갈 수 있게 해주십시오. 언제 어디로 찾아뵙는 게 좋겠습니까?"

"일요일마다 딸과 함께 아내를 보러 갑니다. 점심 전에는 병원에 도착하고요."

다마미즈는 병원 이름과 위치를 알려주었다.

나는 운전하면서 자동차전화로 우메즈의 집에 전화를 걸었다. 차가운 목소리의 여자가 전화를 받더니, 우메즈를 바꾸어주었다.

"그레이스토크라 보이는 바이마라너를 찾아냈습니다."

"그게 정말입니까! 그래서, 개는 어디 있소?"

"데리고 돌아가는 길입니다."

"문제는 없었고?"

"보호 중이던 분이 정성껏 돌봐주셨습니다. 관리도 꼼꼼하게 해주셨더군요."

"세상에, 하늘이 도왔어! 당신 정말 잘해주었소!"

"오늘 밤에는 노세에 있는 제집으로 데리고 가겠습니다. 개는 내일 인도하지요."

다행이야, 정말 다행이야, 라며 중얼거리는 우메즈와 내일 만날 장소와 시간을 정했다.

8

이튿날, 우메즈는 벤츠를 타고 왔다. 개를 보자마자 그레이스토크가 맞다고, 틀림없다고 말했다.

"여어, 그레이. 잘 지냈나?"

그레이스토크는 꼬리를 흔들며 나름대로 살가움을 표시하기는 했으나, 회색빛 눈으로는 "너의 창고에 있었을 때보다는 훨씬 잘 지냈거든"이라 말하고 있었다.

우리는 오사카 역 뒤쪽에 있는 호텔 주차장에 차를 세웠다. 호텔

라운지 의자에 마주 보고 앉았다. 그레이스토크를 찾아내기까지의 이야기를 간추려서 전했다. 우메즈는 어떻게 된 건지 이제 다 알겠다는 듯 손을 들었다.

"어제저녁에 마누라한테 말했소. 이제 그레이를 집에서 키울 거라고 말이오. 마당 한구석에 개집을 두고, 치다꺼리는 내가 직접 하겠다고. 불만 있으면 나가라고 했지. 말이야 그렇게 했어도 집은 마누라 거지만."

우메즈는 일전에도 보았던 두꺼운 지갑을 꺼냈다. 개를 찾아 무사히 데려오는 데에 지불해야 하는 소정의 요금 50만 엔 중 잔금 40만 엔과 내가 대신 치렀던 포스터 인쇄비, 그리고 정보 제공자인 택시 기사에게 건넬 사례금을 모두 현금으로 내주었다.

"정처 없이 헤매다 눌러앉은 개를 보살펴준 다마미즈 씨에게 사례하고 싶습니다만."

이렇게 말한 내게, 우메즈는 고개를 끄덕인 뒤 지폐 다발을 세는 둥 마는 둥 쑥 뽑아서 "고맙다는 말도 함께 전해주시오"라고 하면서 10만 엔을 건넸다.

나는 말했다.

"화수분처럼 돈이 계속 쏟아지는 지갑이네요. 항상 현금을 그렇게나 많이 갖고 다니십니까?"

"언제나 싱글벙글 웃는 현금[26]이지. 나는 건축 자재를 살 때도 값을 깎는 대신 현금으로 냅니다."

---

26) 이 구절의 유래에 대해서는 몇 가지 설이 있으나, 1964년부터 1969년에 걸쳐 NHK에서 방영한 인형극 〈횻코리 효탄 섬〉의 극 중 캐릭터인 도라히게가 경영하던 도라히게 백화점의 모토가 '언제나 싱글벙글 현금 지불[いつもニコニコ現金払い]'이었다는 설이 유력하다. 돈을 빌리거나 외상을 긋는 행위로 관계가 나빠지기보다는, 그때그때 현금으로 정산하는 게 좋다는 뜻으로 쓰이곤 한다.

주차장에 세워둔 차로 돌아왔다. 우메즈의 벤츠를 바라보며 말했다.

"오늘은 사이드카를 타고 오는 게 아닌가 싶었습니다. 개한테 고글을 씌우고 사이드카에 태워서……."

"당신, 그런 거에 관심 있소?"

"그런 거라니요?"

"할리 말이오. 탐나면 주겠소. 가져가시오."

이 남자는 얼마 전에도, 첫 대면인 내게 처제를 주겠다고 하더니 오늘은 할리 데이비슨 FLH 엘렉트라 글라이드를 준다고 말한다. 천성이 방자한 것 같으나, 괴짜다운 매력이 있었다.

우메즈는 무두질한 가죽 같은 뺨에 깊게 주름이 패도록 씩 웃으며 "고마우이, 탐정 양반. 먼저 갑니다"라고 말한 뒤 떠났다.

택시 기사인 와키타를 만나 남은 3만 엔을 건네고 나자, 이번 건은 완전히 마무리되었다. 바닥을 친 통장에 돈을 입금한 후 나는 글자 그대로 한숨 돌렸다.

그다음 날은 여름 초입에 접어든 듯 따뜻하고 좋은 날씨였다. 나는 50cc짜리 바이크를 타고 3만5천 평에 이르는 내 영토를 오랜만에 시찰했다. 어젯밤 버드와이저 한 캔을 비운 조가 내키지 않는다는 듯 따라왔다.

하얗게 핀 산딸나무의 꽃이, 지금이 한창인 양 신록과 어우러져 있었다. 자목련이 햇빛을 조금도 낭비하지 않겠다는 기세로 하늘을 향해 적자색 봉오리를 활짝 벌리고 있었다. 자고새가 시끄럽게 지저귀었고, 멧비둘기, 섬휘파람새, 그리고 꿩이 연달아 목청 높여 울었다.

산림 남쪽에 있는 비탈 한 모퉁이에 밭을 일구고 심은 감자가 하얀 꽃을 피우고 있었다. 머지않아 먹을 수 있을 것이다. 크고 묵직한 감자를, 껍질이 바삭해질 때까지 구운 다음 버터를 얹어 먹는다—— 이렇게 맛있는 게 또 있을까 싶은 생각마저 드는 맛이다.

갑자기 생각난 게 있어서 흐르는 개울물을 거슬러 올라가 보았다. 바이크에서 내려 걸었다. 산에서 솟아나오는 물이 흐르는 이 작은 강은 탁한 곳 하나 없이 아주 맑고 차갑다. 이 일대는 하계(下界)보다 3도는 시원하다.

개울 상류의 기슭에 야생 고추냉이가 자라고 있다. 하얗게 꽃이 핀 고추냉이 줄기를 꺾어 집으로 돌아왔다. 고추냉이 줄기에 소금을 뿌리고 뜨거운 물을 끼얹은 다음 뚜껑을 덮고 잠깐 그대로 둔다. 그 이상의 조리도, 양념도 없이 그냥 먹는다. 혀를 톡 쏘는 맛이 소주와 어울린다.

나는 여기가 좋다. 생각해보면 아무 감흥도 없이 상속받은 땅이다. 어쩌다 보니 그렇게 됐다. 아버지가 죽은 뒤, 할아버지도 갑자기 세상을 떠나면서 내 의사와는 관계없이 이곳을 상속받았다. 그러면서 도쿄에서의 생활을 정리하고 여기로 옮겨왔다.

다마미즈의 아내가 입원한 병원의 대합실에서, 다마미즈와 그의 딸 우타에를 만났다. 우타에는 서른 살 안팎으로 보였으며, 주근깨가 있고 살짝 보동보동한 얼굴이었다. "아버지를 구해주셨다면서요"라고 내게 인사했다. 나는 말했다.

"길 잃은 개를 돌봐주시고, 또 잘 키워주셨더군요."

호세의 마스터 이야기로는, 다마미즈는 레퍼토리가 천 곡이나 되지만 악보를 읽지 못한다고 했다. 딸인 우타에가 치는 피아노로 신곡을 외웠다고 한다.

우타에는 투명한 비닐 커버로 포장된 새하얀 웨딩드레스를 들고 있었다. 일주일 뒤에 결혼식을 올린다고 한다.

나는 다마미즈를 대합실 구석으로 이끌고 가서는 우메즈가 전하는 사례금을 건넸다.

"모쪼록 고맙다고 전해 달라 했습니다."

"대가를 바라고 한 일은 아니지만, 마침 돈이 필요할 때라서 받도록 하겠습니다."

우리는 4층에 있는 병실을 방문했다. 다마미즈의 아내는 아래쪽이 불룩한 얼굴로 환하게 웃으며 "어서 오세요"라는 말과 함께 우리를 맞았다. 딸인 우타에가 엄마를 닮았다는 걸 한눈에 알 수 있었다.

"이쪽은 류몬 씨라고 하는데, 내 친구야――집사람 되는 후쿠코입니다."

다마미즈가 나를 소개했다.

"잘 오셨어요. 아이아버지 친구치고는 젊으신 분이네요."

후쿠코는 앞이 조금은 보이는 것일까.

"주먹밥 가지고 왔는데. 좀 먹어보겠어?"

"당신이 만들었을 거잖아. 먹을래."

후쿠코는 혈색도 좋았고, 건강하게 보였다. 척수에 문제가 생겨 근육이 마비되는 난치병이라고 들었으나, 아픈 사람이라고는 도무지 여겨지지 않는다.

다마미즈는 한입 크기의 작은 주먹밥을 후쿠코의 입에 넣어주었다. 죽순과 미역을 조린 것도 먹였다. 후쿠코는 "아, 맛있다"라며 중얼거리고는 종이 팩에 든 우유를 빨대로 마셨다.

빨대를 쥐는 후쿠코의 손놀림을 바라보며 다마미즈가 말했다.

“조금은 보이게 된 거야?”

“당신 목소리가 보여.”

“목소리가 보인다고? 이상한 말을 하네. 목소리는 들리는 거잖아.”

“보인다고 하는 거야, 이럴 땐.”

“목소리가 보인다라. 흐음.”

우타에는 눈물을 글썽이며 부모의 모습을 바라보고 있었다.

식사를 마친 후쿠코의 머리맡에 다가가서, 우타에가 말했다.

“엄마랑 같이 갈 수 없어서, 나 혼자 정했어. 웨딩드레스야.”

우타에는 엄마에게 드레스를 보여주었다.

“와아, 예쁘네!”

후쿠코가 환호성을 터뜨렸다. 다마미즈가 작은 목소리로 덧붙였다.

“진주가 달려 있어.”

“진주가 달려 있다고? 근사하겠는걸.”

후쿠코는 둥글게 말려 올라간 속눈썹을 깜박였다.

“네 웨딩드레스는 엄마가 지어주고 싶었는데.”

“이런 느낌이야, 엄마.”

우타에는 눈물이 그렁그렁한 눈으로 엄마의 뺨에 드레스를 가져다 댔다. 후쿠코는 드레스에 뺨을 비볐다.

“매끈매끈하네. 참 곱다.”

우타에는 눈물을 뚝뚝 흘렸다.

후쿠코가 밝은 목소리로 말했다.

"결혼식엔 참석할 거야."

"한 번 더 느껴봐."

우타에는 드레스를 다시금 엄마의 뺨에 가져다 댔다.

나는 잠자코 병실을 나왔다. 아무 말도 할 수 없었다. 이런 때는 타인이 무슨 말을 한들 부질없는 것이다.

며칠 후 다마미즈에게서 전화가 걸려 왔다. 내일 후쿠코가 일단 집으로 돌아옵니다, 라고 말했다. 딸아이의 결혼식에 참석하기 위해 외박이라는 명목으로 일시 귀가를 한다는 것이다. 나는 거들고 싶다고 말한 후 지인의 침대 딸린 차량을 빌릴 수 있도록 조치를 취했다.

다음 날, 후쿠코를 실은 환자 이송용 침대차는 집 앞의 돌문을 다 돌지 못해 마당으로 들어갈 수 없었다. 다마미즈와 나는 후쿠코를 들것에 옮겨 2층에 있는 침대로 날랐다. 돌문 근처의 노지에 개집이 있었다. 그레이스토크는 펜스 밖으로 나와 떠돌다가 여기까지 와서, 이 개집을 거처로 삼은 것이다.

실종된 사냥개 찾는 일을 끝냈는데도, 대체 뭘 하고 있는 건가 싶다. 그러나 나는, 이 마지막 떠돌이 길거리 가수와 그 가족에게 묘하게도 마음이 끌려서, 그냥 떠날 수 없었다.

가족 세 사람과, 타인인 내가 한 방에 모였다. 창문 바깥은 이미 밤이었고, 옆집에 켜진 불빛만 보일 뿐이었다. 다마미즈가 후쿠코에게 말했다.

"거리에서 노래하는 걸 관둘까 생각하는 중이야. 40년 동안 해왔지만, 이제 더는 손님이 없어."

후쿠코가 웃는 얼굴로 대답했다.

"당신이 하고 싶은 대로 했으면 좋겠어. 지금껏 열심히 일했잖아."

"그렇게 말해주니 마음이 편하네……. 당신이 밝은 사람이어서, 나는 언제나 한 짐 덜고 살았어."

우타에가 끼어들었다.

"아빠는 노래 하나로 나를 키워줬는걸. 나는 아빠가 자랑스러워."

각자 저마다의 추억에 잠겨 가슴이 뻐근해졌는지, 아주 잠시나마 침묵이 방 안을 감돌았다.

"한 곡 불러볼까."

마음을 다잡으려는 듯 다마미즈가 말했다.

"응. 당신이 부르는 거 오랜만이네. 그 노래 불러줘."

그 노래란, 두 사람의 추억이 담긴 곡이리라. 다마미즈는 자연스러운 몸짓으로 기타를 잡았다. "목소리가 제대로 나오려나"라고 말하며 기타를 퉁겼다.

다마미즈는 노래했다. 40년이라는 세월을 노래하며 밤거리를 누빈 길거리 가수의, 한숨과도 같은 노랫소리가 흘렀다.

사랑과 눈물에 젖어 흘러가는
젊은 두 사람의 추억은
바다의 진줏빛 물결이어라
무지개여 사라지지 마오 언제까지나[27)]

---

27) 기쿠치 간[菊池寬]이 쓴 소설 〈자비심조(慈悲心鳥)〉를 원작으로, 동명의 영화가 세 차례(1927년, 1936년, 1954년) 제작되었다. 이 곡은 그중 1936년에 제작된 영화의 주제가 〈자비심조의 노래[慈悲心鳥の唄]〉이다. 구스노키 시게오[楠木繁夫]가 불렀다. 매사촌을 가리켜 일본에서 자비심조라고 하는데, 울음소리가 '지비신[じひしん, 즉 자비심]'이라 들리는 데서 붙은 이름이다(정식 명칭은 주이치[十一]). 덧붙여 기쿠치 간은 출판사인 문예춘추사(文藝春秋社)를 세운 사람이기도 하다.

猟犬探偵

사이드킥

1

"류몬! 비켜! 위험해!"

언덕 위에서 히우치 데쓰오가 소리를 지르며 뛰어 내려왔다. 사냥개 소리가 여기저기서 솟았다. 히우치는 돌부리에 발이 걸려 풀썩 고꾸라졌다. 한 차례 구르고는 손에 든 총을 놓친 채 굴러떨어졌다. 내 발에 부딪히고서야 멈췄다.

그때, 눈으로 덮인 언덕 위의 수풀 사이로 검고 커다란 것이 튀어나왔다. 소라 해도 믿을 만큼 커다란 멧돼지였다. 사냥개들에게 내몰린 멧돼지는 이쪽을 향해 내리닫고 있었다.

나는 히우치의 몸을 타고 넘어 멧돼지와 정면에서 마주 보며, 10미터 정도의 거리에서 한 발 쏘았다. 멧돼지는 무릎을 풀썩 꿇으며 넘어졌다. 그러나 금세 다시 일어섰다.

나는 히우치의 벨트를 움켜쥐고 옆에 있던 나무 뒤쪽으로 질질 끌고 갔다. 간발의 차이로, 멧돼지의 거대한 몸뚱이가 땅을 진동시키며 히우치가 있던 자리를 밟고 달려갔다. 나는 서둘러 재장전한 뒤 쏘았다. 멧돼지는 꽈당, 하고 옆으로 쓰러졌다.

나무에 묶어두었던 조가 목줄을 이빨로 끊고는 거대한 멧돼지에게 덤벼들었다. 나는 조를 피하면서, 남은 한 발을 멧돼지에게 쏘았다.

"위험하다니까! 다가가지 마!"

히우치가 외쳤다.

멧돼지는 상반신을 벌떡 일으키고는 길고 누런 이빨로 조를 들이받으려고 했다. 조는 사뿐히 몸을 움직여 피했다.

히우치가 일어나더니 탄환을 채우려 하던 내 총을 빼앗았다. 히우치는 다리를 질질 끌면서도 달려가서는 멧돼지의 귓구멍에 라이플드 슬러그 탄을 쏘았다. 피와 진흙과 하얀 무언가가 순식간에 사방으로 튀었고, 멧돼지는 더는 움직이지 않았다.

나는 멧돼지의 목을 물고 늘어져 있는 조를 끌어내어 다시 밧줄로 묶었다. 영문은 모르겠으나, 조는 사냥개도 아니면서 멧돼지만 보면 맹렬하게 덤벼든다. 그러나 본업 외의 일은 되도록 시키지 않는 편이 낫다.

짐승을 사냥하도록 훈련된 사냥개 무리가 우르르 몰려왔다. 정신이 나간 듯 거대한 멧돼지의 몸뚱이에 달려들었다. 욕실에 까는 매트 같은 멧돼지의 털을 갈가리 찢을 기세로 으르렁거리며, 뭐에 홀린 듯이 물어뜯었다.

히우치는 사냥개들을 매섭게 혼내고, 발로 차서 쫓아내며 멧돼지에게서 떼어놓으려고 했다. 함께 사냥했던 다른 사냥꾼들도 하나둘씩 달려왔다. 저마다 개를 붙잡아 목줄에 묶었다.

2

사냥꾼들 중 하나가 비탈을 올라가서 히우치의 소총을 주워 왔다. 호와[豊和] M300이다. 미군이 사용했던 M1 카빈(Carbine)총을 일본 기업이 모델로 삼아 생산한 가벼운 소총이다. 익숙해지면 한 손으로도 쏠 수 있다. 히우치는 총구를 하늘로 향하고 네모난 탄창을 제거했다. 노리쇠를 당겨 탄환을 튕겨낸 후 총열을 비웠다.

히우치는 나라 현 오야규의 유서 깊은 가문 당주로, 집안 대대로 임업을 해왔으며 근년에는 산림을 전문으로 하는 부동산 쪽으로도 사업 영역을 확장하고 있는 남자다. 또한 부근 일대의 멧돼지 사냥꾼들 중에서는 으뜸가는 사격수여서 그의 이름을 모르는 자가 없다.

히우치는 젊었을 때 왼쪽 팔이 기계에 끼는 사고를 당했다. 팔꿈치에서 손목까지의 살은 깎여나간 듯 가늘었고, 손목 아래로는 절단되고 없다. 아무것도 없이 매끈한 팔 끝에는 철의 손톱[28]이 아닌 나무 마개가 덮여 있는데, 빨래 너는 봉을 바지랑대에 올려 얹을 때 쓸 법한 도구 끝 부분처럼 Y 자 모양으로 갈라진 나무가 달려 있다.

히우치는 호와 소총을 왼쪽 팔의 이 Y 자 모양 나무에 얹어서 쏘았다. 근처의 산부터 논밭의 두둑에 이르기까지 자기 앞마당인 양 속속

---

28) 프로레슬링 기술 중의 하나로, 정식 명칭은 '아이언 클로(Iron Claw)'다. 손바닥으로 상대의 얼굴을 꽉 쥐고 손가락 끝에 악력을 실어 데미지를 준다. 미국 프로레슬러 프리츠 폰 에릭(Fritz Von Erich, 1929~1997)이 필살기로 사용했던 것으로도 유명하다. 그가 독자적으로 고안한 기술이었으므로, 다른 프로레슬러가 이 기술을 쓸 때는 '브레인 클로'라 부르지만, 프리츠 폰 에릭이 구사하는 아이언 클로의 이미지가 강한 까닭에, 구별하지 않고 쓰기도 한다.

들이 꿰뚫고 있는 그는 사냥터를 자유로이 누볐고, 멧돼지를 잡을 때는 바로 옆에서 쏘는 방식으로 사냥했다.

히우치와 나는 교토에 있는 대학을 다니며 알게 되었다. 그 후로 지금까지 친구로 지내는 중이다.

거대한 멧돼지의 배를 그 자리에서 갈랐다. 하타노가 오래된 줄칼로 만든 사냥칼을 능숙하게 다루었다. 쩍 하고 벌어진 멧돼지의 배에서 비릿하고 따뜻한 김이 피어오르자 하타노의 안경이 뿌옇게 흐려졌다. 믿기지 않을 만큼 어마어마한 양의 내장이 보였다.

이 멧돼지는 일찍이 근처의 논밭을 짓밟으며 하룻밤 사이에 농가에 엄청난 타격을 입혔던 녀석이었다. 열매가 맺힌 지 얼마 되지 않은 벼를 훑어서는 달콤한 즙만 빨아 먹고 뱉어버리는 식이었기 때문에, 한 번에 많은 양의 벼를 괴멸시켰다. 고구마든 콩이든 가리지 않았다.

그뿐만이 아니다. 이 멧돼지는 사냥개를 몇 마리나 죽인 전적도 있었다. 히우치는 화가 머리끝까지 나서 이 멧돼지를 집요하게 쫓아다녔으나, 어느 날 자취를 홀쩍 감추고는 요 2년 동안 감감무소식이었다.

셔츠 소매를 팔꿈치까지 걷어붙인 하타노의 팔에 큼직하고 새까만 진드기가 줄줄이 기어 올라왔다. 멧돼지에 달라붙어 있던 진드기들이 사람의 체온을 느끼고는 그쪽으로 이동한 것이다. 하타노는 방금 목욕을 마치고 나온 사람처럼 빨간 얼굴을 한, 쾌활한 성격의 남자다. 80킬로그램도 더 나가는 커다란 체구의 청년이다. 그의 아버지는 이 지역 사냥꾼들의 선대(先代) 우두머리였다. 히우치는 하타노의 아버지에게 총을 써서 멧돼지를 사냥하는 기술과 지식을 배웠다.

그러나 아들은 총으로 멧돼지를 쫓는 것보다 혼자서 올무를 놓아

잡는 쪽을 선호했다. 전투심이 담백한, 사람 좋은 남자이지만 올무 사냥꾼으로서는 탁월한 실력을 갖추고 있었다.

하타노는 사냥칼의 칼등으로 진드기를 긁어 떼어냈다. 다른 사냥꾼 몇 명이 멧돼지 내장을 집어내서 눈길에 버렸다. 숨이 턱 막히는 냄새가 코를 찔렀다. 멧돼지의 배에 피가 고여 남았다. 남자들은 피를 손으로 퍼서 홀짝이며 마셨다. 히우치도 한 모금 마시고는, 팔꿈치로 입을 닦았다. 멧돼지의 피가 입가부터 뺨에 이르는 한 줄기 흔적을 남겼다. 날쌔고 용감한 얼굴에 박력이 더해졌다. 짐승의 피를 마시다니, 나는 도저히 할 수 없는 일이었다.

배 속이 텅 빈 멧돼지를 남자 네 명이 들어 올려 소형 트럭의 짐칸에 실었다. 돌아가서 살얼음이 낀 수조에 푹 담근다. 그것을 수십만 엔가량의 값을 받고 업자에게 통째로 팔아넘긴 후, 사냥에 참가했던 사람들에게 공평히 분배한다. 겨울을 나는 데 도움이 되는 귀중한 현금 수입이었다.

소형 트럭과 사륜구동 등 세 대의 차가 일렬로 산을 내려갔다. 오른쪽에는 산비탈이, 왼쪽에는 앙상하고 쓸쓸한 겨울 밭이 펼쳐진 사이로 좁게 난 외길을 달려 마을에 들어서기 직전, 나를 태운 차가 급정지했다. 선두의 하타노가 운전하는 차 앞쪽을 가로막는 형태로, 검게 도색한 대형 승용차가 반대편에서 진입한 것이다. 그 차가 귀청을 찢을 기세로 클랙슨을 울려댔다. 남자가 다섯 명 타고 있었다.

차창으로 얼굴을 내민 남자가 고함을 질렀다.

"비키란 말이야!"

딱 봐도 야쿠자였다.

이런 외길에서 맞은편에 차가 오면, 우묵하게 들어간 곳 같은 데에 차를 바짝 대고 서로 양보하는 게 상식이다. 그러나 바로 지금, 하타노의 차 뒤쪽에는 젊은 여성이 모는 경차가 있었고, 또 그 뒤로는 내가 탄 차를 비롯한 사냥 일행의 차들이 줄지어 서 있어서 후진하기가 여의치 않았다. 그와 달리 불쑥 들어온 맞은편 차는 조금만 후진하면 그만일 뿐이었다.

호통을 내지르며 시끄럽게 굴던 검은 양복 차림의 남자가 차에서 거칠게 내렸다. 신발도 없이 양말만 신은 채였다. 신발을 벗고서 차 안에서 늘어져 있었던 것이리라.

남자는 차창 유리를 내린 하타노의 차에 팔을 쑤셔 넣고 하타노의 멱살을 잡았다.

"야, 이 촌놈들아, 비키라고 했잖아!"

남자는 으르렁거렸다.

하타노는 핸들에 매달려 어깨를 움츠리고는 "죄송합니다, 죄송합니다"라고 연신 사과하기 바빴다. 하타노는 덩치도 크고 힘도 세지만 마음이 여려서 남과 다투지 못하는 성품이다.

나는 차에서 내려 아무 말 없이 남자의 목덜미를 붙잡고 다리후리기를 걸었다. 남자는 뒤로 훌렁 자빠져서 뒤통수를 세게 부딪쳤다. 남자는 벌떡 일어났다.

"죽고 싶냐, 이 새끼야!"

그렇게 말하며 야쿠자들이 주로 쓰는 단도를 품에서 꺼내 뽑았다.

뒤쪽의 차에서 히우치가 소총을 들고 뛰쳐나왔다. 단도를 쥔 남자의 배에 총구를 푹 찔러대며 노리쇠를 때렸다. 호와 특유의 카랑카랑한 금속음이 울렸다.

"한 방 먹어볼 텐가?"

히우치가 말했다. 탄창을 뺀 빈 소총을, 남자의 배에 깊숙이 찔러 넣었다.

남자는 다리에 힘이 풀린 듯 주저앉았다. 얼굴이 하얗게 질려 있었다. 그의 눈에 비친 히우치는, 입이 귀까지 쭉 찢어진 괴물 같았으리라. 나는 남자의 손에서 단도를 낚아챘다.

타이어의 마찰음이 들리더니, 남자들이 탄 차가 후진했다. 차는 방향을 틀자마자 패거리를 그 자리에 내버려두고 달아나버렸다. 남겨진 남자는 신발도 신지 않은 발로 떠난 차를 쫓아갔다.

나는 단도를 워커부츠 밑창으로 밟아서 두 동강으로 뚝 분지른 다음 언덕의 덤불에 버렸다. 얼굴에 묻은 멧돼지 피가 그대로 남아 있던 히우치가 말했다.

"요즘은 저런 것들도 야쿠자랍시고."

히우치는 사무라이들이 칼을 품고 잠드는 것처럼 소총을 끌어안고 뒷좌석에서 졸고 있었던 것 같다.

"멧돼지 쪽이 훨씬 상대하기 벅차지."

노세의 산속에 있는 내 요새로 겨우 돌아오니 벌써 동이 틀 무렵이었다. 사륜구동의 헤드라이트가 비추는 불빛 속에서, 통나무로 지은 집이 드러났다. 〈류몬 사냥개 탐정사〉라 적힌 커다란 문패 앞에 차를 세웠다.

불빛 하나 없는 집 안으로, 나도 조도 비틀비틀 들어갔다. 냉랭한 침실의 전등을 켰다. 조는 바닥에 털썩 몸을 내던지고는 잠들었다. 나는 이것저것 생각할 겨를도 없이 침대에 쓰러졌다.

3

눈을 뜨니 정오가 지나 있었다. 먹다 남은 스튜를 데워 찬밥에 끼얹은 것을 조에게 먹였다. 산에서 솟는 물을 알루미늄 그릇에 가득 부어 주었다.

내 아침 식사는 10년 동안 한결같은 차림새다. 다만 오늘 아침은 양을 조금 늘렸다. 포숑(Fauchon) 홍차를 머그잔으로 두 잔, 노릇노릇하게 구운 토스트 두 장, 달걀 세 알로 만든 프라이, 그레이프프루트 반 쪽, 오렌지 주스 한 잔으로 아침을 먹고, 팁을 내는 대신 트림으로 갈음했다. 비난하는 사람은 없다.

흡족한 마음이 들었다. 여기서는 지극히 저렴한 가격으로 충족감을 살 수 있다.

연철로 만들어진 사무소의 난로에 불을 지폈다. 조가 느릿느릿 와서는 지정 장소에 몸을 길게 뻗고 졸기 시작했다. 요즘 이 개가 본업에서 활동할 기회가 없다. 아니, 조는 게 본업일지도…….

전화가 울려서 수화기를 들었다.

"멧돼지는 40만 엔에 팔았다. 싸게 넘겼지. 늙은 놈이라 무게에 비해 돈이 되지는 않았지만. 네 몫은 현금으로 부쳤어."

누군지 밝히지도 않고, 인사도 없는, 여느 때와 다름없는 히우치였다.

"고마워."

"어제는 덕분에 살았다."

"너를 죽게 뒀다간, 눈물 흘릴 여자들이 많으니까."

그렇게 말하고는 전화를 끊었다.

나는 부재중 메시지를 들었다.

"서일본농장에서 비서로 있는 가모라고 합니다."

유능할 것 같은 여성의 목소리가 흘러나왔다. 꼭 상담하고자 하는 일이 있고, 사장님이 당신의 전화를 기다리고 있으니, 전화 부탁드립니다……. 같은 내용의 메시지가 네 건 녹음되어 있었다. 메시지 횟수가 거듭될수록 사무적인 목소리에는 조금씩 초조함이 짙어졌다.

말에는 문외한인 나 같은 사람도, 서일본농장이 일본 굴지의 서러브레드(Thoroughbred)[29] 경주마 조련소라는 정도는 알고 있었다.

불길한 예감이 들었지만, 어쨌든 메시지에 남겨진 번호로 전화했다. 메시지를 남긴 주인이라 짐작되는 여성이 전화를 받았다. 긴급히 상담드릴 일이 있다고 거듭 이야기하면서, 송구하오나 이쪽으로 와주셨으면 좋겠다고 했다. 사장님과 직접 이야기를 나누셨으면 한다고도 했다. 계신 곳으로 찾아뵈어야 마땅하나, 저희 사장님 다리가 조금 불편하셔서……, 실례지만 그에 대한 비용과 사례는 넉넉히 하겠습니다, 라고도 덧붙였다.

"확인차 묻는 건데, 만일 의뢰에 관한 이야기라면 저는 실종된 사냥개를 찾는 일이 전문이지 다른 개는 취급하지 않습니다만, 알고 계시지요?"

나는 말했다. 잘 알고 있습니다, 라고 여자는 대답했다.

농장의 소재지를 물은 다음 서둘러야 하는 일이라면 지금 출발하겠

---

29) 영국이 원산지인 경주용 말. 체질과 체형이 모두 뛰어나고 기품이 있다. 시속 60킬로미터 이상의 속도로 달릴 수 있다.

다고 전했다. 이미 오후 2시가 지나 있었다. 집 앞에 세워둔 사륜구동에다 드럼통에 든 기름을 넣었다. 드럼통으로 기름을 사면 조금 싸다. 차는 어제 산길을 실컷 달렸던 상태 그대로여서 진흙이 잔뜩 묻어 있었다. 나는 조와 함께 교토로 향했다.

요 1, 2년 동안, 나는 어째서인지 묘한 대상을 좇는 상황에 처하곤 했다. 맹도견, 그다음에는 순록……. 사냥개만 전문으로 찾겠다던 목표가 해마다 조금씩 뒤로 밀려나는 것 같다.

이런 추세라면, 말을 찾아달라고 할지도 모른다. 설마……. 말에 대해 내가 알고 있는 거라고는, 말은 당근을 좋아한다는 정도일 뿐이다.

서일본농장은 상상했던 것 이상으로 거대했다. 농장 동북쪽에 마련되어 있는 주차장에 차를 세웠다. 나는 조를 데리고 내렸다.

나무 울타리가 호를 그리며 뻗어 있는 모래땅 쪽으로 나왔다. 말 몇 마리가 눈앞을 달려 지나갔다. 나는 홀린 듯 바라보았다. 달리는 말만큼 아름다운 생물은 없다, 는 생각이 들었다.

뭐라 부르는지는 몰랐으나, 그곳은 조련용 코스 같았다. 건너편에는 나무와 함께 녹색 잔디밭이 펼쳐져 있었다. 그보다 더 너머에는 건물 몇 채가 보였다.

왼쪽 방향에서 말 한 마리가 빠른 속도로 가까워지고 있다는 것을 알아차렸다. 검은 의상을 갖춰 입은 기수가 타고 있는 말 한 마리가 눈 깜짝할 사이에 달려 지나갔다. 이런 식으로 달리는 것을 가리켜 갤럽(gallop)이라 하는 것일까.

그때, 방금 말에 타고 있었던 기수는 여자인 것 같다는 생각이 들었다. 모자 아래로 바람에 나부끼는 밤색 머리칼을 본 것 같았다.

잠시 후 아까 그 기수가 다시 이쪽으로 왔다. 코스를 한 바퀴 돈 것이겠거니 했다. 말은 굽어 있는 지점 부근에서 속도를 낮추었다. 경쾌한 느낌의 총총걸음으로 다가와서는, 내 앞에서 멈추었다.

젊은 여자였다. 창백하기까지 한 피부가, 말을 탄 덕분인지 옅은 장밋빛으로 물들어 있었다. 얇은 검은색 터틀넥 스웨터가 호리호리한 상반신을 감싸고 있다.

여자는 말 위에서 나와 조를 내려다보았다. 겁이나 두려움 같은 건 담겨 있지 않은 시선이었다.

"당신이 탐정?"

그렇게 물었다. 목소리에 특징이 있었다. 젊은 여자답지 않게 낮았으며 잠긴 듯한 목소리였다.

"그렇소, 그런 일을 하는 사람이오."

"아빠가 부른 사람 맞죠?"

여자는 신기한 생물을 본다는 눈으로 나를 뚫어지라 바라보았다.

"영화에서 보던 사립탐정하고는 꽤나 다르네요."

사장의 딸이라 여겨지는 말 위의 사람에게 말했다.

"수트도 넥타이도 없어서 그런가."

여자는 무표정한 얼굴로 조를 내려다보며 말했다.

"그건 개? 아니면……."

"늑대."

"흐음, 별나네."

"이 녀석은 신발도 없지."[30)]

30) '조'의 이름은 메이저리그 시카고 화이트삭스의 명 외야수 '맨발의 조(Shoeless Joe)' 조 잭슨의 별명에서 이름을 떠올려 지은 것이다. 발견 당시 신발 상자 속에 있었으나, 신발은 없었다.

"개 말고, 아저씨 말이에요."

여자는,

"나는 레이코예요. 아빠가 있는 건물은 저거고요."

라고 말하며 멀리 있는 건물을 가리키고는, 말을 몰고 떠났다.

나는 다시 차를 타고 농장 바깥쪽을 반 바퀴 돌아, 정면 입구에 있는 주차장에 세웠다. 사무소에다 이름을 밝히자, 머리를 뒤로 바짝 당겨 묶은 30대 중반의 여자가 성큼성큼 다가왔다. 테가 두꺼운 안경을 손에 쥐고 있다. 부재중 메시지를 남겼던 비서 같았다.

안내받은 서일본농장 사장의 방은, 오직 그곳만이 고립되어 있는 듯한 공간이었다. 오크 재질의 널빤지로 둘러쳐진 벽, 오크 재질의 마룻바닥, 창문을 등진 커다란 마호가니 책상, 그리고 깊고 중후한 색조의 고블랭직 태피스트리가 벽을 메우고 있다.

가죽을 씌운 의자에 몸을 깊숙이 묻은 초로의 남자가, 자리에 앉은 채로 "오느라 애쓰셨소"라고 말했다. 손님용 의자를 향해 손을 내저었다. 앉으라는 의미이리라. 나는 "류몬입니다"라며 이름을 밝혔고, 남자는 고개를 끄덕이며 "스가이라고 하네"라고 말한 후 시가 끝을 물어 끊었다.

스가이는 곧장 이야기를 꺼낼 기색도 없이, 시가에 불을 붙이는 일에 열중했다. 나는 잠자코 기다렸다. 스가이는 최초의 연기를 뿜어내고는, 처음으로 내 얼굴을 보았다. 시가의 강한 향이 나를 덮쳤다. 나는 담배와 화장품 냄새가 싫다.

"개를 찾아주었으면 하네."

연기 너머의 스가이가 말했다.

"어떤 종류의 개입니까?"

라고 물었다. 이 남자라면 사지가 멀쩡했을 때에는 분명 사냥을 했을 것이다. 혈통서가 딸린 세터나 포인터도 몇 마리나 있을 것이다.

"셰퍼드. 일곱 살, 아니 여덟 살 먹은 저먼 셰퍼드."

"전화로 미리 분명히 말씀드렸을 텐데요. 사냥개 전문이라고. 셰퍼드는 사냥개가 아닙니다."

"알고 있네. 그러나 대형견이지. 훈련을 받은 경찰견이고. 포인터는 되고 셰퍼드는 안 된다는 법은 없지 않나."

고압적이지는 않았으나, 스가이에게는 수많은 인간에게 명령하며 살아온 자 특유의 위압감이 있었다. 타인의 의견은 철저히 꺾는다. 오직 본인의 말만 옳다고 믿고 있는 남자다.

"그렇긴 합니다."

인정하지 않을 수 없었다.

사냥개만 다룬다는 모토에 얽매여 있어도 될 만큼 일이 들어오지는 않는다. 3만5천 평에 이르는 산림을 소유하고는 있으나, 내게는 현금이 없다. 통장 잔액이 바닥을 보이고 있었다.

여자 직원이 커피를 내왔다. 나는 개가 사라진 사정을 들었다. 스가이가 들려준 이야기로는, 개는 농장의 그룸(groom) 중 하나가 돌보고 있었다고 한다.

"그룸?"

"마필 관리사."

마구간을 경호하던 개였는데, 나이를 먹어 지금은 은퇴했다고 한다.

"그래서요?"

"개를 돌보던 마필 관리사가 그 개를 데리고 여길 나갔지."

서일본농장의 마구간에는 다수의 마필 관리사가 근무하고 있으나, 개를 데리고 나갔다는 다바타라는 최고참 마필 관리사는 일찌감치 현역에서 물러난 상태였다. 다바타는 실버 고스트라는 이름의 말을 담당했다. 실버 고스트는 일찍이 연승에 연승을 거듭한 말로, 전성기 무렵에는 화려한 영광을 빛냈다. 마필 관리사는 통상 두 마리의 말을 담당하나, 다바타는 실버 고스트에만 전념했다.

그 어떤 명마라 하더라도, 경주마로서의 끝은 맞이하게 된다. 더는 우승을 거둘 수 없게 된 말은 이제 종마로서의 임무를 수행해야 한다. 실버 고스트의 눈부셨던 커리어의 피를 이어받고자 교배를 희망하는 마주들이 득시글거린 때도 있었다. 그러나 시간이 흐르자 그마저 끝을 고했다.

실버 고스트와 청춘을 함께한 다바타의 인생도, 말과 함께 끝났다. 돈을 벌어들일 수 없게 된 경주마는 일개 말일 뿐이다. 몸집이 커다란 동물을 먹이는 데 드는 비용, 돌보아주는 인간에게 지급해야 하는 인건비, 생존에 필요한 공간……. 돈 잡아먹는 짐짝으로 전락한 말은, 도살되어 다진 고기 신세가 된다…….

"그 다바타라는 마필 관리사가 셰퍼드와 함께 사라졌다, 는 이야기로군요. 언제 일어난 일입니까?"

"다바타의 모습이 안 보인다며 마필 관리 주임이 말한 게 어제였네. 아마 밤중에 나갔겠지."

나는 아무래도 납득이 가지 않았다.

"오래 일한 직원이 갑자기 떠난 이유가 뭐죠?"

스가이는 어째서인지 대답하길 꺼렸다. 자욱한 시가 연기 너머로 생각에 잠겨 있었다. 쓴 걸 뱉어내듯 말했다.

“놈은 말을 데리고 갔어.”

나는 깜짝 놀랐다.

“말을? 실버 고스트라는 그 서러브레드 말입니까?”

“그래. 그 말은 언제가 될지는 모르지만 머지않아 처리할 작정이었네. 그런데 전염병에 걸리고 말았거든. 교토 부지사의 명령도 있고 해서, 내일은 살처분하기로 되어 있었단 말이지.”

스가이의 살 두꺼운 얼굴에, 지독한 분노가 배어 나왔다.

“다바타 씨는, 오랫동안 자기 손으로 정성껏 보살펴왔던 말을 죽이는 걸 참을 수 없었던 겁니까?”

“무슨 생각을 했는지는 모르지. 허나 전염병에 걸린 말을 방치했다가는 어떤 사고가 터질지도 몰라. 농장에서 조련 중인 말들에게 전염되기라도 한다면 마주들은 당연히 책임을 추궁할 테고. 변상하려면 막대한 돈이 든단 말이야. 내 신용은 무너질 거고.”

“그래서?”

“그걸 찾아줬으면 좋겠네.”

“찾아달라 하시는 게 개입니까, 아니면 말입니까?”

“둘 다.”

“저는 말에 대해서는 아무것도 모릅니다. 어떤 식으로 추적해야 할지도 가늠이 안 됩니다.”

“개를 찾아내면, 말도 함께 있을 게 뻔해.”

“만일 제가 개를 찾아내고, 말 또한 발견했다 치면, 말은 어떻게 됩니까.”

스가이는 눈썹도 까딱하지 않고 말했다.

“그 자리에서 처분해야지.”

"이 무슨……. 다른 사람들도 실버 고스트가 전염병에 걸렸다는 사실을 알지 않습니까? 어떻게 입막음할 생각이시지요?"

"살처분하여 소각했다고, 오늘 아침에 보고해두었네."

나는 말문이 막혔다. 무의식중에 몸을 움직여 찻잔을 들고, 식어버린 커피를 마셨다. 쓰디썼다.

"교토 부경(府警)에 있는 도리이 경시정[31]에게 들으니, 자네 입이 무겁다더군. 돈은 지불하겠네. 이번 건에 대해 그 누구에게도 발설하지 않았으면 하는데."

나는 말했다.

"저는 말에 대해선 관여하지 않겠습니다. 셰퍼드를 찾는 일만 맡도록 하지요."

스가이는 요금을 묻더니, 앉은자리에서 사람을 불렀다.

그는 수색 업무를 받아들였을 때의 요금 10만 엔을 현금으로 치렀다. 영수증은 필요 없다고 했다. 그러면서 덧붙였다. 말을 데리고 돌아올 필요는 없다. 찾아내기만 해도 충분하다. 부하가 처리할 것이다. 그 단계에서 요금을 두 배로 지급하겠다. 수색 진행 경과를 매일 알려줬으면 좋겠다. 보고는 내가 직접 듣는다. 다른 자들에게는 아무 말도 하지 마라…….

요즘 같은 시대에 말을 데리고 걷는 사람은 찾아볼 수 없으므로, 그런 사람이 있다면 금세 눈에 띈다. 다바타는, 말하자면 도망자다. 그럼 남의 눈을 피해 밤길이나 산길을 골라 발걸음을 옮기고 있을까. 아니면 말을 운반하기 위해 컨테이너를 사용하고 있을까.

"다바타 씨의 목적지가 어디일지, 짐작은 가십니까?"

---

31) 일본 경찰관 계급의 하나. 한국의 총경에 해당.

"없어. 놈은 내 알 바 아니지. 중요한 건 말이니까. 한시라도 빨리 죽여야 해."

한 사람의 조련사로, 그리고 서러브레드의 생산자이자 사육자로 이름을 떨치고, 일본 굴지의 조련소 사장이 된 눈앞의 이 성공한 인물은, '죽인다' 아니면 '처분한다' 따위의 말을 태연하게 내뱉는 남자였다.

나는 실버 고스트에게 할당되었던 마구간과 다바타가 쓰던 방을 보고 싶다고 말했다.

"그건 안 되네. 소독했기 때문에 출입 금지야."

종마, 또는 종마 역할마저 다한 말은 통상 가까운 목장에서 사육한다. 실버 고스트는 편의상 농장의 동북쪽 한구석에 있는 낡은 마구간에서 사육되고 있었다고 한다.

셰퍼드의 혈통서 복사본, 그리고 종이상자를 잘라 깔아두었던 개집 바닥의 더러운 깔개를 챙긴 후, 가죽과 오크와 고블랭직으로 가득한 이 방을 나서자, 날은 이미 저물어 있었다.

장갑을 낀 손으로 헤드라이트에 말라붙은 진흙을 털고 조와 함께 노세의 산속에 있는 집으로 향했다. 불길한 예감은 맞아떨어졌다. 내키지 않는 일이었으나, 현금 10만 엔을 무시할 수도 없었다.

나의 프라이드는, 헤드라이트처럼 더러워진 것인가. 이봐, 류몬. 필립 말로[32]도, 샘 스페이드[33]도 그렇게 앞뒤 꽉 막힌 소리만 늘어놓진 않았다고, 라며 귓가에 속삭이는 목소리가 들렸다, 고 생각했다. 문득,

32) 하드보일드 추리작가 '레이먼드 챈들러'가 창조한 탐정.
33) 레이먼드 챈들러와 동시대 하드보일드 쌍두마차였던 '대실 해밋'이 창조한 소설 속 주인공.

"영화에서 보던 사립탐정하고는 꽤나 다르네요."

라고 하던 레이코라는 여자를 떠올렸다. 다음번에는 어디서 초크 스트라이프 수트와 보르살리노[34]를 빌려다 갖춰 입고 방문하자.

4

이튿날, 오야규의 히우치 데쓰오가 부친 현금 봉투가 도착했다. 액수는 많지 않았지만 기뻤다. 히우치는 방약무인하고 호방한 듯 보여도, 의외로 꼼꼼한 구석이 있다.

그저께 사냥으로 잡은 것은 300킬로그램 가까이 나가는 대물이었으나 연식이 오래되어 '묵은' 멧돼지였고, 고기가 질긴 탓에 식육으로 팔 경우 가치가 떨어진다. 게다가 그날 사냥은 사냥꾼이 다섯, 사냥개가 다섯 마리였고 균등히 돈을 나누었으니 각자의 몫으로 떨어지는 금액은 얼마 되지 않는다. 만일 150킬로그램짜리 멧돼지 두 마리라면 두 배 정도의 가격으로 팔 수 있었을 것이다.

생각난 것이 있어 농장에 전화를 걸고는, 마필 관리 주임과 이야기하고 싶다고 전했다. 꽤 오래 기다려야 했다. 부루퉁한 목소리의 남자가 전화를 받았다. 스가이 사장의 의뢰를 받은 사람인데, 다바타 씨가 어디로 갔을지 짐작 가는 곳이 있느냐고 물었다. 그는 모른다고 답하

---

34) 챙이 넓고 부드러운 이탈리아산 신사용 모자.

면서, 그 노인네는 괴짜 같은 구석이 있어서 함께 일하는 사람들 중 누구와도 어울리지 않았다고 했다.

셰퍼드 냄새를 조가 맡게 해서 냄새의 흔적을 쫓는 방법도 물론 고려했으나, 농장 주변은 주택가라 차량 통행이 많은 도로들뿐이었다. 셰퍼드 냄새는 사라지고 없을 것이다.

늦은 아침을 먹으며 이번 일에 대해 곰곰이 생각했다. 요전번 일에서는 효과가 있었던 포스터 작전도 이번에는 써먹을 수 없다. 언제나 그래 왔듯 오리무중 속을 더듬어야 했다.

어떤 인물이 떠올랐다. 가와타니 군조. 2년 정도 전에 맹도견을 찾으러 다녔던 사건[35]을 통해 알게 된 사람으로, 냉장 트럭 기사다. 일 때문에 트럭을 운전 중이겠거니 생각하면서 고베에 있는 가와타니의 집에 전화해보았다.

하나가 전화를 받았다.

"앗! 아저씨! 저 하나예요."

"하나야, 잘 지냈지?"

"저 지금 장 보러 갔다가 돌아온 참이에요."

"장?"

"시장 다녀왔다고요. 요즘은 제가 음식을 만들거든요. 아빠 도시락도 싸고요."

"그거 굉장한 일인데? 하나는 대단하구나……. 세인트 메리는 잘 있고?"

"엄청 잘 지내요. 매일 공원에서 같이 뛰노는걸요."

"다행이구나. 정말 다행이야."

---

35) 〈세인트 메리의 리본〉 이야기.

나는 가슴이 먹먹했다. 울고 싶을 만큼 기뻤다. 앞을 전혀 보지 못하는 소녀가, 맹도견과 함께 있는 힘을 다해 살아가고 있었다.

소녀의 성장은 빠르다. 이제는 아가씨티가 완연히 날 것이다.

"하나야, 아버지는 지금 어디 계신지 아니?"

"트럭 몰고 있죠."

그러면서 쿡쿡 웃는 것 같았다.

"땡땡이치느라 어디 가서 낮잠 자고 있을지도 모르지만요."

나는 깜짝 놀랐다. 이런 농담도 던질 수 있을 정도로, 하나는 성장한 것이다.

"아버지 차로 연락해서, 아저씨한테 전화하라고 할게요."

"아니야, 내가 전화할게. 전화번호만 알려주면 돼."

아저씨, 또 놀러 와요. 저랑 데이트해요. 메리도 보고 싶어 할 거예요……라는 하나의 말이 귀에 남았다.

나는 가와타니의 자동차전화 번호를 눌렀다.

"예, 가와타니 운송……."

목소리의 떨림이나 주변의 잡음을 보아하니 운전 중인 모양이었다.

"류몬입니다."

"이야아, 류몬 씨. 오랜만입니다."

"하나 말로는 당신이 어딘가에서 낮잠 자고 있을 거라 하던데."

"그 아이가 그런 말도 했어요? 큰일 날 아이라니까요. 요즘은 걸핏하면 그 아이한테 혼난답니다."

기뻐서 못 견디겠다는 듯한 말투였다.

"류몬 씨, 잠깐 기다려주시겠어요? 지금 차 세울 테니까."

잠시 거리의 소음을 듣고 있었다.

“아이고, 기다리시게 해서 죄송합니다. 류몬 씨, 정말이지 옛날 생각나네요.”

“하나가 무척이나 건강하게 잘 지내는 것 같아서 안심했습니다.”

“하나부터 열까지 다 류몬 씨 덕분입니다. 류몬 씨 집 쪽으로는 평생 발 뻗고 못 잡니다……. 그런데 어떤 일이세요?”

“가와타니 씨의 지혜를 빌리고 싶은 일이 있는데.”

“저 같은 사람이 도움이 되어드릴 수 있을지……. 여기는 차도 가장자리라서 느긋하게 이야기하기가 힘들거든요. 이제 곧 주오[中央] 시장인데요, 거기다 화물을 내린 다음 전화 드리겠습니다. 지금 댁에 계신가요?”

“그리 해주시겠습니까? 용건이 있는 건 이쪽인데, 도리어 가와타니 씨가 전화하게 만들어 면목 없지만. 집에서 전화 기다리고 있겠습니다.”

나는 창가에 작은 테이블을 끌어다 놓고 오듀본의 두껍고 묵직한 화집을 펼쳤다. 북아메리카의 환상적인 새들을 바라보고 있자니 어느새 졸음이 오고 말았다.

전화벨이 울려 눈을 떴다. 가와타니였다. 나는 말과 개를 데리고 자취를 감춘 마필 관리사 이야기를, 타인에게 말해도 지장 없는 선까지만 전했다. 말과 함께 걷고 있는 초로의 남자를 보고 트럭 아니면 그 외의 무언가에 태워준 사람이 있을 것이라는 가정하에서의 질문이었지만, 그와 같은 운전사나 차량을 어떻게 하면 찾을 수 있을지를 물었다.

“지금으로선 이 말과 사람이 어디를 향하고 있는지도 모릅니다.”

가와타니는 신음을 짧게 흘렸다.

"서쪽으로 갔는지, 아니면 동쪽으로 갔는지도 모르시고요?"

"막연한 이야기라 송구할 따름입니다."

가와타니는 잠시 생각하더니, 말했다.

"그럼 몇몇 사람들에게 물어볼까요? 장거리 트럭 운전사들은 꽤 넓은 정보망을 갖고 있으니, 어쩌면 뭔가 걸려들지도 모르거든요."

"부탁하는 바입니다. 비용 면에서는 폐를 끼치지 않겠습니다."

"무슨 말씀을 하시는 거예요, 섭섭하게. 류몬 씨는 저와 하나의 은인입니다. 저는 류몬 씨에게, 평생 갚아도 모자를 엄청난 빚을 진 사람이에요."

하루나 이틀 기다려달라고 한 뒤 가와타니는 전화를 끊었다. 남은 건 기다리는 일뿐이었다. 나는 딱히 할 일도 없어서 총을 손질했다. 일전의 멧돼지는 이 총에 장전한 더블오 벅을 두 발, 라이플드 슬러그를 두 발 먹고서야 겨우 뻗었다. 전부 급소에 명중했었다. 괴물 같은 녀석이다.

총열에 남아 있던 화약 찌꺼기를 떨어내고, 정성껏 기름칠을 했다. 머지않아 올해의 사냥철도 끝난다. 해가 갈수록 총을 쏘지 않게 되었다. 특히 새는 쏠 마음이 점점 들지 않는다. 나이 탓인가.

저녁밥으로는 2센티미터 두께의 스테이크용 고기를 두 쪽 구웠다. 고베에서 스테이크 가게를 하는 고약한 성격의 주인장에게 얻은 크고 오래된 프라이팬에 버터를 녹이고, 잘게 다진 마늘을 달달 볶은 다음 소금과 후추만 써서 고기를 구웠다. 분명 자고 있었던 조가, 어슬렁거리며 나타났다.

산림에서 수확한 남작 감자[36]를 바삭하게 구워서 곁들였다. 산속의 개울에서 따 온 물냉이도 함께 먹었다. 빵조각으로 접시를 닦았다. 조는 빵 없이도 접시를 마치 설거지한 듯 깨끗한 상태로 만들었다.

차가운 자두 주스 두 잔에 뜨거운 커피까지 마시니 움직일 수 없게 되었다. 프라이드가 가벼워진 만큼 체중이 늘었는지도 모른다.

침대에 드러누워 몇 번째 펼치는지도 기억나지 않는 〈월든(Walden)〉을 훑었다. 그러니저러니 해도 이 소로라는 남자는 2년 2개월 동안만 '숲 속에서의 생활'을 했을 뿐이지 않았나. 그리고 결국 도회지로 돌아갔지, 하고 언제나 생각한다.

사색인지 명상인지 모르겠으나 억지스러운 장광설은, 번역 때문인지 읽기 거북하다.

아웃도어 라이프의 바이블처럼 일컬어지는 이 책에서는 나무 냄새도 나지 않고, 흐르는 강물의 속삭임도 들리지 않는다. 내게는 지루하게 느껴졌다. 그러나 잠이 오게 하는 효과는 있다.

여자가 춤을 추고 있었다. 새하얀 저고리를 입은, 고운 자태의 여자가 뱅글뱅글 돌며 춤추었다. 내 앞에서 몸을 젖히며 하얀 목을 드러냈다. 김계화다. 내 무릎에 크고 하얀 꽃을 떨구고 사라졌다. 무궁화 꽃이었다.

캄캄한 방 안에서, 눈을 떴다. 땀이 흥건했다. 자리에서 일어나 불을 켜고 목욕 수건으로 몸을 닦은 뒤 셔츠를 갈아입었다.

불가사의한 꿈이었다. 꿈 따위는 꾸어본 적도 없는 내가, 무어라 말할 수 없이 묘한 꿈을 꾼 것이다. 다시 잠을 청하려고 했으나, 좀처럼 잠들지 못했다.

---

36) 감자 품종 중 하나로, 아이리시 코블러(Irish Cobbler)를 일본에서 가리키는 말이다. 20세기 초, 가와다 료키치[川田龍吉] 남작이 영국에서 들여와 일본에 정착시킨 품종이어서 이와 같은 이름이 붙었다.

5

바람에 날려 떨어진 나뭇잎과 도토리 열매로 발 디딜 틈도 없는 테라스의 의자에 앉아, 주위의 산을 바라보았다.

여름에는 초록색 이파리가 그토록 풍성하게 우거졌던 나무들이, 잎을 깡그리 떨구었다. 4B 연필로 선 하나를 쭉 그은 듯한 나뭇가지가, 하늘을 향해 봄을 독촉하고 있다.

전화가 울렸다. 나는 7초 만에 사무소 책상으로 가서 수화기를 들었다.

"류몬 씨. 당첨이에요, 당첨."

가와타니의 달뜬 목소리가 튀어나왔다. 말과 개를 거느린 노인을 태워줬다는 냉장 트럭 운전사가 있었다는 모양이라고 한다.

"그게 진짭니까? 감사한 일이로군."

해당 차량은 지바[千葉] 항 근처에 있는 대규모 운송회사에 적을 둔 냉장 트럭이라고 한다. 나는 그 회사의 전화번호와 운전사의 이름을 물었다. 소문을 들은 것뿐이라 확실치는 않다고 말하며, 가와타니는 하마코우라는 이름을 알려주었다.

"고맙습니다. 어느 방향으로 갔는지 알아낸 것만으로도 충분한 수확입니다. 당장 가보도록 하지요. 가와타니 씨, 고생하셨습니다."

"뭘요, 엉터리 정보가 아니어야 할 텐데요."

"그리고 하나에게 전해주십시오. 이번 일이 끝나면 데이트 신청하러 가겠다고."

나는 이 정보를 서일본농장의 스가이에게 알릴까 하다가 관두었다. 불확실한 내용을 전한들 별 의미가 없다.

조와 차에 올라탔다.

"다소 긴 드라이브가 될 거야. 점심은 거른다."

"흥" 하고 콧방귀를 뀌더니, 조는 심통을 내며 자리에 누웠다. 애당초 개 주제에 삼시 세끼를 챙겨 먹는 건 사치다. 서러브레드조차 아침과 저녁만 먹는다고, 이 녀석아.

도메이 고속도로에 진입한 후 속도를 높였다. 백미러로 경찰차가 있는지 살피면서 제한속도를 위반하며 달렸다. 도중에 들른 휴게소에서 이보다 더 맛없을 수는 없을 카레라이스를 먹었다. 후쿠신즈케[福神漬け][37]가 곁들여지지 않은 것을 카레라이스라 할 수 있을 때의 이야기이지만. 햄버거 두 개를 사서 차 안에 있는 조에게 먹였다. 이보다 더 맛없을 수는 없다는 얼굴로, 날름거리며 해치웠다.

지바 항에 도착하니 저녁 무렵이었다. 노을로 물든 하늘을 바라보면서, 운송회사에 전화를 걸었다. 중년이라 짐작되는 여자가 전화를 받았다. 가와타니가 확실하지 않다며 미리 양해를 구한 후 가르쳐주었던 하마코우라는 이름의 운전사는 그 회사에 적을 둔 사람이 맞았다. 게다가 비번이 되어 이제 회사로 돌아오는 길이라고 한다.

나는 하마코우 씨와 대화를 나누고 싶다고 했다. 초조한 마음을 억누르며 기다리고 있자니, 남자 목소리가 들려왔다.

"하마코우요."

---

37) 채소를 잘게 썰어 절인 음식. 재료들을 1차로 소금에 절인 다음 조미를 한 간장에 2차로 절여 만든다. 일곱 가지 재료를 사용한 데서, 7복신(七福神)의 이름을 따 후쿠신즈케라 불리게 되었다고 한다. 무와 가지, 작두콩을 주재료로 하며, 산지에 따라 연근, 죽순, 생강 등 다양한 재료를 섞는다.

"류몬이라고 합니다. 실종된 사냥개 찾는 일을 하는 사람이고요. 본론부터 말씀드리면, 개와 말을 거느린 노인을 당신이 태워주었다고 들었습니다. 그 일에 대해 꼭 좀 이야기를 듣고 싶습니다만."

오사카의 노세에 있는 산에서 여기까지 왔다는, 굳이 말하지 않아도 될 것까지 전했다.

칼칼한 목소리의 하마코우가, 분명히 그 묘한 트리오를 태워주었다고 말했다.

"하마코우 씨. 이 부근에 술과 생선이 맛있는 가게가 있습니까? 천천히 식사를 하면서 이야기를 듣고 싶습니다."

"생선은 어느 가게나 맛있지요. 느긋하게 먹고 마시려면 하마노야가 제격입니다. 말 나온 김에 자리를 예약해두지요."

하마노야라고 크게 적힌 길쭉한 등롱을 늘어뜨린 가게에서 하마코우와 만났다. 먼저 와 있던 하마코우는 다다미를 깐 작은 방에 앉아 맥주를 마시고 있었다.

"류몬입니다"라고 인사하며 고개를 숙인 후, 나는 방으로 들어갔다. "여어" 하며 하마코우가 말했다.

"하마코우입니다. 돌 많은 바닷가[磯浜]라 할 때의 빈(浜)에다 행복하다 할 때의 행(幸)을 쓰지요. 이 지역 의원이랑 성이 같아요."

딱 보기에도 보통 고집이 아니게 생긴, 사각턱 얼굴의 40대 남자다. 이마선이 후퇴했고 정수리는 둥글게 벗어지기 시작했으나, 굵은 목과 팔뚝이 튼튼해 보인다.

"사냥개 찾는 일을 한다고요? 별난 직업이로군. 아 참, 형씨, 뭐로 할래요? 이 지역은 뭐든 다 맛있지만, 여기 날치를 한번 먹어봐요. 한 입 먹으면 날개가 돋아서 날아간다고."

남자는 여주인을 불렀다.

"친구인 류몬 씨야."

상당한 미인인 여주인에게 나를 소개하고는, 알아서 주문했다.

오징어와 미역 초무침, 날치 다타키[38]와 훈제, 가리비 사시미, 방어 소금구이, 오징어 젓갈 등이 나와 테이블을 가득 채웠다.

"술은 최고급 소주로 하지……. 아차, 미리 말해두는데 오늘 자리는 내가 쏘는 겁니다. 먼 데서 온 손님이 내게 했다간 내 체면이 서질 않거든."

나는 남자가 이야기한 '묘한 트리오'에 대해 들려달라고 부탁했다.

"아, 그렇지요. 그런 묘한 화물을 실은 건 난생처음입니다. 그런 일을 겪은 것도 처음이고. 어쨌든 잘 들으세요. 그저께 밤에 있었던 일인데……."

하마코우의 이야기는 다음과 같았다.

쓰키지[築地]에 화물을 내린 다음 가마이시[釜石]를 향해 달리던 중이었다. 거기 가서 또 화물을 싣고 돌아올 예정이었기 때문에, 차는 텅 비어 있었다. 서둘러 갈 필요는 없었다. 콧노래를 흥얼거리며 핸들을 잡고 있었다.

도로변에 있는 작은 가게에서 가야쿠메시[加薬飯][39]와 시로미소시루[白味噌汁][40]를 저녁으로 맛있게 먹고는, 고속도로를 타지 않고 한동안

---

38) 일본 조리법인 '다타키[叩き]'에는 두 종류가 있는데, '두드린다'는 뜻의 '다타쿠[叩く]'에 맞게 칼로 두드려 만드는 것은 같으나 불을 쓰는 방법과 쓰지 않는 방법이 있다. 전자는 주로 다랑어 같은 생선에 쓰인다.

39) 고모쿠메시[五目飯]를 간사이 지방에서 이르는 말로, 갖은 채소와 닭고기, 유부 등과 같은 재료를 넣어 담백하게 지은 밥이다.

40) 하얀 된장국.

일반도로를 달렸다. 그즈음부터 비가 내리기 시작했다.

지바 사쿠라[佐倉] 근처였던 것 같다. 터덜터덜 길가를 걷는 사람이 있었다. 우산도 없이 비를 맞으면서, 몸을 웅크리고 걷고 있었다.

어쩐지 애처로워 보이던지, 나는 트럭을 세웠다. 조수석 문을 열고 말했다.

"타시오."

보니까 얼굴이 창백한 젊은 남자였다. 그는 꾸벅하고 고개를 끄덕이고는, 트럭에 기어 올라왔다.

다시 운전하면서 힐끔힐끔 보았다. 앞좌석 끄트머리에 몸을 딱 붙이고는 구부정하게 앉아 있었다. 나는 수건을 던져주었다. 남자는 "고맙습니다"라고 말한 것 같긴 했는데, 목소리가 작아서 잘 들리진 않았다.

음침한 애송이이긴 했지만 단정하게 생긴 게, 수상쩍은 낌새는 없었다. 나는 라디오 볼륨을 줄였다. 남자에게 물어봤다.

"어디로 가시오?"

"딱히……."

"딱히? 행선지가 없소?"

"예……. 아무 데나 내려주세요."

"아무 데나라니……. 학생인가?"

"예."

문득, 이 애송이가 오늘 저녁 나리타[成田]에서 소동을 빚었던 무리 중 하나가 아닐까 싶었다. 차에서 라디오 뉴스를 듣는데, 나리타공항 건설을 반대하는 학생들과 경찰이 뒤섞여 난투를 벌이는 소동이 있었다는 이야기가 계속해서 나왔었다. 경찰들은 최루탄을 쏘고, 학생들은 화염병과 연막탄을 던지고, 서로 경찰봉과 쇠파이프로 치고받고 했다고 한다. 양쪽 다 상당한 숫자의 부상자가 나온 것 같았다.

애송이는 내가 준 수건으로 얼굴과 머리칼을 닦았다. 두 손을 머리에 올렸을 때, 겉옷 아래로 무언가가 미끄러져 나왔다. 운전석 바닥에 묵직한 소리를 내며 툭 떨어졌다.

애송이는 당황하면서 그것을 주워들었다. 총이었다. 본 적도 없는 커다란 황동색 권총이었다. 나는 긴장했다.

"어이! 그건 뭐야? 권총인가?"

"아뇨……. 다, 다른 겁니다."

"이리 줘봐. 그런 물건을 지닌 놈은 태워줄 수 없어."

애송이는 그것을 시트에 올려놓고, 주뼛주뼛 내 쪽으로 밀었다.

황동 재질의 기관부와 방아쇠에다, 검은 총열은 직경 4센티미터는 되어 보였다. 나는 한 손으로 총을 집어 들었다. 묵직한 총의 손잡이 부분에 시그널 피스톨이라는 글자가 돌출된 형태로 새겨져 있었다.

"신호총인가?"

"그런 것 같습니다."

"이런 물건을 어디서 손에 넣었지?"

"주운 거예요."

"나리타에서 있었다는 소동 얘긴가?"

"예."

"그럼 경찰 물건이겠군. 탄환은 들어 있고?"

"예."

"탄환을 빼고 나한테 맡겨."

그때였다. 커다란 게 느닷없이 눈앞에 튀어나왔다. 나는 급브레이크를 밟았다. 트럭 앞을 가로지른 건, 믿기지 않게도 말이었다. 간이 떨어지는 줄 알았다. 20년 동안 운전사 일을 해왔지만, 말이 튀어나온 건 처음이었다.

어둠 속에서 빛이 휙 들이친다 싶더니, 특유의 엔진 소리를 쩌렁쩌렁 울리면서 폭주족이 하나둘씩 요란하게 나타났다. 트럭은 안중에도 없다는 양 내 앞을 가로질러 갔다. 말을 쫓아온 것이다.

말은 갓길을 넘어 공터로 뛰어들었다. 그다음에는 개가 튀어나온다 싶었더니, 이어서 사람이 비틀비틀하면서 쫓아왔다.

무슨 일이지. 이건 대체 뭐지. 변두리 곡마단이 도망친 건가. 나는 그저 어안이 벙벙했다. 후딱 차를 몰고 악몽에서 탈출하면 될 것을, 그것조차 잊어버렸다.

말이 도망쳐 들어간 곳은 어느 중학교의 야구 그라운드였다. 말은 출구를 찾아 뱅뱅 돌면서 이리저리 뛰어다녔다. 바이크 무리가 원을 그리며 말을 둘러쌌다. 초로의 남자가 "그만두게. 부탁이니 하지 말아줘"라고 애원하면서 비칠거렸다.

한 남자가 바이크에서 내리더니 노인을 밀쳤다. 노인은 맥없이 나가떨어졌다. 개가 남자에게 달려들었다. 셰퍼드였다. 남자의 손목을 물고 늘어졌다. 남자는 비명을 질렀다.

남자의 동료들이 셰퍼드의 배를 걷어찼다. 셰퍼드는 남자를 문 채 떨어지려 하지 않았다. 누군가가 꺼내 든 잭나이프가 불빛에 번쩍였다. 몸을 낮추고 자세를 가다듬으면서 셰퍼드의 목을 찌르려고 틈을 엿보았다.

갑자기, 젊은이가 트럭에서 풀쩍 뛰어내렸다.

"그만둬, 이놈들아!"

새로 추가된 먹잇감을 보고는 몇 명이 득의양양하게 웃으면서 다가왔다. 체인을 휘두르는 놈도 있었다.

나는 좌석 아래에 둔 야구방망이를 꺼내 손에 쥔 다음 트럭에서 뛰어내렸다. 체인이 애송이의 어깨를 때렸다. 애송이는 휘청거리면서 허리춤에 찔러 넣었던 신호총을 꺼냈다.

"뭐야, 그게.", "장난감 아냐?", "쏠 수 있으면 쏴보든가."

남자들은 저마다 한 마디씩 던지며 시끌벅적하게 지껄였지만, 갑자기 발이 멈췄다.

애송이는 공이치기를 젖힌 신호총을 두 손으로 들고 쑥 내밀었다. 그리고 세워져 있던 바이크를 향해 방아쇠를 당겼다. 불덩어리가 포물선을 그리며 날아가서는 바이크의 기관부에 명중했다. 불꽃이 피어오르는가 싶더니, 날름거리는 불길이 금세 탱크를 휩쌌고, 삽시간에 폭발했다.

폭주족 패거리가 소란스럽게 아우성치며 달려가서 바이크에 접근하려고 했다. 날아서 흩어진 불꽃이 옆의 바이크에 옮겨붙었다. 그 바이크도 폭발했다. 불은 바이크를 잇달아 덮쳤다.

어이를 상실한 남자들이 정신을 차렸다. "이 새끼, 죽여 버린다!" 두세 명이 바짝 다가왔다. 애송이가 으르렁댔다.

"덤벼! 죽는 건 네놈들이야!"

신호총에는 탄환이 하나만 들어 있을 터였다. 한 발 쏜 후 빈 탄피가 남아 있을 뿐이었다. 바이크 패거리는 그것을 모른다. 총의 위력을 제대로 맛본 직후다. 애송이가 두세 발짝 전진하며 고함을 질렀다.

"배때기에 쏴줄까!"

폭주족은 앞다투어 도망갔다.

노인은 가까스로 말고삐를 쥐고서 목을 문지르고 뭐라뭐라 말하며 필사적으로 말을 달랬다. 셰퍼드도 겨우 남자를 해방시켜주고 돌아왔다. 바이크는 계속 불타는 중이었다.

나는 애송이의 어깨를 툭툭 치며 말했다.

"사고 한번 크게 치는데? 다시 봤어."

차 안에 있을 때는 과묵하고도 음침한, 허약하게 보이기까지 했던 애송이는 정신이 나간 사람처럼 싸움 한복판에 뛰어들었다. 경찰들과 벌인 난투에서도 이랬을 것이다.

나는 노인에게 말했다.

"무슨 사정인진 모르겠지만, 여기 오래 머물다간 상황이 고약해질 것 같은데. 말과 개를 컨테이너에 실어줄 테니, 타쇼."

발판을 내린 다음 노인이 말을 끌고 차에 타게 했다. 개는 알아서 올라탔다.

노인과 애송이를 앞좌석에 태우고, 출발했다.

사이렌 소리와 함께 빨간 등을 번쩍이는 소방차와 경찰차가 오더니, 트럭과 스쳐 지나갔다. 간발의 차이였다.

노인은 오른쪽에 앉은 내게 몸을 돌려 고개를 숙인 후, 왼쪽을 향해 애송이에게 감사의 말을 전했다.

"고맙소이다. 덕분에 살았어요."

나는 노인에게 어디로 갈 예정인지 물었다.

"그게, 일단은 아오모리[青森]입니다."

"말을 데리고? 트럭에다 싣고는 못 가나요?"

"예, 그럴 만한 사정이 있어서……."

"나는 가마이시로 가는 길입니다. 태워줄 수 있는 건 거기까지지요.

오케이? 이봐, 젊은이. 자넨 어떻게 할 거지?"

"저도 가마이시까지 태워주세요."

애송이는 다시금 원래의 얌전한 청년으로 돌아와 있었다.

"사정이 이러했다는 말씀."

"흐음. 믿기 힘든 수준의 일을 겪으셨군요."

"맞아, 나부터가 반신반의했으니까. 동료들한테 이야기해도, 다들 히죽히죽 웃기만 하고 말이지."

하마코우는 단숨에 잔을 비우고는 중얼거렸다.

"하지만 진짜 있었던 일이오. 나는 똑똑히 봤다고."

하마코우는 만취 상태였다.

"하마코우 씨. 댁이 어디신진 모르지만, 운전하시면 안 됩니다."

"나도 알고 있소. 전화해서 아들을 부를 거요. 그보다 자네는 어떻게 할 건가?"

"차 안에서 술을 좀 깬 다음 집으로 가겠습니다."

"우리 집에서 하룻밤 자고 가지그래."

"무슨 말씀을요. 하마코우 씨, 오늘 밤은 정말이지 잘 얻어먹었습니다. 게다가 더할 나위 없이 좋은 정보를 주셨어요."

"그래? 그렇다면 다행이고. 그럼 조심해서 잘 가시게."

나는 이 호방하고 활달한 남자와 헤어졌다.

6

차에서 두어 시간 정도 쪽잠을 잤다. 차에서 내려 아무도 없는 항구의 주차장에서 몸을 굽혔다 폈다 하며 운동을 했다. 얼얼하리만치 차가운 바람을, 가슴 한가득 빨아들였다. 하늘에는 별이 총총히 떠 있었다.

아오모리를 향해 차를 몰았다. 하마코우가 말과 노인을 구제하여 가마이시까지 태워준 게 그저께 심야다. 걸어서 간다고는 해도, 그들은 상당히 앞질러 있을 것이다. 쫓아가려면 서둘러야 한다.

노인은 행선지를 "일단은 아오모리입니다"라고 했다고 한다. 그렇다면 최종 목적지는 아오모리가 아니라는 셈이 된다. 서러브레드와 저먼 셰퍼드를 거느린 늙은 마필 관리사는, 대체 어디로 가려 하는 것일까. 또 무엇을 위해서?

동이 틀 무렵 가마이시를 통과하자 도로는 대형 트럭들의 전용도로로 탈바꿈했다. 트럭들은 하나같이 천하에 아무 거리낄 게 없다는 듯 방약무인하게 운전한다. 마치 문신이라도 한 양 화려하게 장식된 장거리 트럭 사이에 끼면, 으스러지는 게 아닌가 싶어 긴장했다.

다음 출구에서 고속도로를 빠져나갔다. 아침을 먹고 휴식을 취하며 도로 상황이 좋아질 때를 기다리기로 했다.

택시 기사와 노동자가 많은 밥집을 골라 들어갔다. 따뜻한 밥과 국물에다 오징어와 연근, 우엉, 양파만 넣고 갓 튀겨낸 덴푸라[天麩羅], 수북하게 담은 배추 아사즈케[浅漬け][41]를 먹고 나니 배가 불렀다.

세숫대야만 한 그릇에다 밥과 건어물을 받은 다음, 조를 차에서 내리게 하여 먹였다. 다 먹은 그릇에 수돗물을 가득 넣어주었다. 뭐야, 이건? 이따위 것도 물이라고? 평소 노세의 산에서 솟는 물을 마시는 조가, 불평하면서 싹싹 비웠다.

다바타는 몸집이 큰 동물들의 끼니를 무슨 수로 해결하고 있을까. 이런 의문이 문득 들었다. 말은 물과 풀만 주어도 살 수 있을 터이지만, 그것만 가지고는 긴 여정을 견디지 못한다. 손질하고 남은 야채 찌꺼기나 과일을 얻어다 먹이는 것일까.

산리쿠[三陸] 해안가로 북상했다. 길을 서두르는 다바타는 걷기 힘든 산길로 가지는 않을 것이다. 일반도로를 달리다가, 미사키[三崎]를 지나고부터는 때때로 차를 세우고 다바타 일행을 목격한 사람을 찾았다. 묘한 일행을 보지 않았느냐고 물었다. 현지 사람이라 짐작되는 이들을 골라, 닥치는 대로 물었다. 몹시 눈에 띌 게 뻔한 이 일행을 봤다는 사람은, 의외로 없었다.

나는 서일본농장의 스가이에게 여전히 전화를 걸지 않았다. 작은 왕국의 제왕이 터뜨릴 분노가 눈에 선했다.

하치노헤[八戸]에서, 다바타라 여겨지는 일행을 봤다고 하는 사람과 만났다. 현지에서 주류 판매점을 운영한다고 했다.

"아무렴. 차 안에서이긴 했지만, 봤지요. 한밤중에 도로 옆 지하도를 걷고 있더라고요. 섬뜩하더라니까. 대체 그건 뭐요?"

봤다는 장소가 어딘지 물었다. 나는 해안선을 벗어나 철도를 따라 펼쳐진 대지(臺地)를 달렸다. 아오모리는 멀지 않다. 다바타가 아오모

---

41) 채소를 짧은 시일 동안 소금이나 누카[ぬか, 현미 따위를 도정할 때 얻어지는 겨와 싸눈 등의 혼합물로, 사료나 절임요리 등에 쓴다]에 살짝 절인 것.

리에 아직 도착하지 않았기를 바라면서, 주변을 살피며 천천히 차를 몰았다.

육감 외에는 달리 표현할 길이 없는 계시가 있었다. 나는 지혜는 없지만, 남들보다 몇 배는 더 감이 좋다. 차를 숲 속에 세운 후 내렸다. 셰퍼드의 개집에 깔려 있던 더러운 종이상자 냄새를, 조에게 한 번 더 맡게 했다.

"자, 파트너. 일할 시간이다."

잠깐 걸어보고 단서가 발견되지 않으면, 차로 돌아갈 요량이었다. 펌프 액션 총은 차 안의 비밀 장소에 갈무리하여 자물쇠를 채워둔 상태였는데, 사냥철은 이미 끝나 있었다는 것을 문득 깨달았다.

내키지 않는다는 듯 걷던 조가, 갑자기 땅바닥에 코를 대고 킁킁거리기 시작했다. 냄새를 맡은 것이다. 조의 온몸이 긴장으로 팽팽해졌다.

조는 드디어 목표를 포착했다. 하울링 하듯 낮게 한 번 울었다. 숲 속의 개울에 말이 있었다. 노인이 자그마한 모닥불을 피우고 있었다. 모닥불과 가까운 풀숲에 셰퍼드가 엎드려 누워 있었다.

개울물에 발을 담가 식히고 있던 말이 경련을 일으키듯 고개를 번쩍 들고 나를 보았다. 동시에 셰퍼드가 벌떡 일어나서는 경계 태세를 취했다.

말이 놀라지 않도록, 차분하게 말했다.

"다바타 씨. 수상한 사람은 아닙니다. 말을 붙잡아주시겠소?"

다바타는 두려움이 역력한 모습이었지만, 말에게 다가가 고삐를 쥐었다. 셰퍼드가 조를 보고는 털을 곤두세웠다.

"위험해! 개를 진정시켜요!"

말이 채 끝나기도 전에, 셰퍼드가 달려와서 조에게 덤벼들었다.

그러나 조는 몸을 잽싸게 놀려 사뿐히 피하더니, 기세 좋게 덤볐다가 헛발을 디딘 셰퍼드에게 육탄을 날려 한 방 먹였다. 그다음 순간, 조는 셰퍼드의 가슴에 다리를 얹고서 목을 물었다. 제대로 콱 문 것같이 보여도, 이빨을 세우고 있지 않았다. 내가 한 마디만 했다가는 셰퍼드는 피를 사방에 튀기며 죽는다.

"놔."

나는 조에게 명령했다. 조는 셰퍼드를 해방시켜주었다. 아무 일도 없었다는 얼굴로 내 발치에 섰다. 셰퍼드는 일어나서 꼬리를 뒷다리 사이에 말고는, 풀 죽은 꼴로 물러나 저쪽으로 갔다.

다바타는 어안이 벙벙한 채 그 자리에 붙박인 듯 멍하니 서 있을 따름이었다.

"서일본농장의 스가이 씨에게 부탁을 받고 당신을 찾으러 온 사람입니다."

나는 모닥불 앞에 엉덩이를 깔고 앉아, 잔가지를 하나 불에 던졌다. 적의를 품고 있지 않다는 걸 보여주고자 했다.

"역시, 그랬군요."

다바타는 작은 목소리로 중얼거리고는 말을 나무에 묶었다. 일단 폭력을 휘두르는 남자는 아니라고 보았는지, 내 앞에서 조금 떨어진 곳에 앉았다.

"고생하셨겠습니다, 다바타 씨."

다바타라고 하는 이 노인은, 실버 고스트를 돌보는 일을 천직이라 받아들이고 있는 듯한, 일종의 장인이라는 생각이 들었다. 그런 됨됨이에 이끌려 셰퍼드도 다바타의 곁을 떠나지 않는 것이다.

“예……. 이것들도 용케 애써줬지요.”

말과 개를 가리키는 것이다.

나는 칭찬하듯 말했다.

“먹이를 조달하는 일도 큰일이었겠지요. 어떻게 먹이셨습니까?”

“풀이 자라 있는 곳에서는 넉넉히 먹였지요. 농가에서 나눠준 귀리나 밀기울도 줬습니다. 품질이 떨어져서 내다 팔 수 없는 채소와 과일을 얻거나 싸게 사기도 했어요.”

나는 고개를 주억거리며 말했다.

“이 추위 속에서는 노숙도 보통 일이 아니지요. 모닥불도 크게는 못 피울 테고. 어찌하셨습니까?”

“1인용 텐트와 침낭을 짊어지고 왔는데, 폭주족이 말을 쫓아온 일이 있었어요. 그때 잃어버렸습니다. 낡은 담요를 두 장 사서 하나는 실버에게 덮어주고, 저는 나무 아래서 팡과 함께 남은 담요를 뒤집어쓰고 잤습니다.”

팡은 셰퍼드의 이름이다.

다바타는 걱정스러운 얼굴로 말했다.

“저는 이제 어떻게 됩니까?”

“제 일은 사라진 개를 찾는 겁니다. 개를 찾아달라는 의뢰는 수락했지만, 말에는 관여하지 않겠다고 말하고 왔지요. 팡은 데리고 돌아가겠습니다.”

다바타는 커다란 한숨을 토해냈다. 안도한 것이리라.

“그렇군요. 실버는 봐주시는 겁니까.”

“저는, 그럴 작정입니다. 스가이 사장 말로는 실버 고스트가 전염병에 걸렸다더군요. 즉시 처분하지 않으면 큰일이 난다고 하던데.”

다바타는 나직이 말했다.

"실버는 전염병이 아닙니다."

"뭐라 하셨습니까?"

"이 말은, 전염병에 걸리지 않았단 말입니다."

목소리에 분노가 어려 있었다.

"무슨 근거로 그렇게 말씀하시지요?"

"저는 압니다. 목욕시키고, 솔질을 해주고, 먹이를 주는 사람은 압니다. 만일 전염병에 걸렸었다면, 벌써 죽었겠지요."

나는 할 말을 잃었다.

"이제부터 어찌할 작정이십니까. 어디로 갈 생각인 거죠?"

"말할 수 없습니다."

다바타는 조개처럼 입을 딱 다물었다.

"아오모리까지 가려던 것 아닙니까?"

다바타는 깜짝 놀란 듯했다.

"어떻게 아십니까?"

"당신들 일행을 구제해준 냉장 트럭 운전사에게 들었습니다."

나는 말했다.

"차를 가지고 오겠습니다. 여기 계시길."

도망쳐도 소용없다고, 금세 쫓아갈 거라고 말하려다 입을 닫았다. 다바타는 프라이드를 지닌 남자다.

대신 조를 남겨두었다. 조는 셰퍼드와 달리 조금도 적의를 품고 있지 않았다. 차원이 다른 힘의 차이를 맛본 셰퍼드는 전의를 상실한 채 다바타의 뒤에 숨어 있다시피 했다.

나는 차로 돌아가서 자동차전화로 스가이에게 전화를 걸었다.

"어찌 된 건가."

노기가 철철 넘치는 목소리로 스가이가 말했다.

"셰퍼드를 찾았습니다."

덜컥 숨을 죽이는 기색이 느껴졌다.

"그래서, 말은?"

개는 안중에도 없다.

"함께 있습니다. 물론 다바타 씨도 있습니다."

"좋았어! 다바타를 거기 잡아두게."

"무리입니다. 길을 서두르고 있습니다."

"어디로 간다고 하던가?"

"모르겠습니다. 입을 열지 않는군요."

아오모리라고 하지 않는 게 좋겠다, 고 본능적으로 생각했다. 스가이는 지금 어디인지 물었다. 나는 산속이라고 대답했다. 자세한 이야기는 그 이상 할 수 없었다.

차를 몰고 다바타가 있는 곳으로 갔다. 다바타는 쇼이코[背負子][42]에서 귀리와 밀기울이 든 자루를 내려 말에게 먹이를 주었다. 개에게는 햄 토막을 주었다. 나는 차에 실어두었던 코펠로 커피를 끓이고, 건빵을 뜯어 먹으며 저녁을 대신했다. 비상용으로 가지고 다니는 휴대 식량이다. 조에게도 같은 것을 먹였다.

"파트너. 이번 일이 끝나면 맥주 마시게 해주마."

나는 차 안에서 담요를 둘둘 말고 잤다. 다바타에게 차에서 잘 것을 권했으나, 거절당했다.

---

42) 짐을 걸머지고 운반하기 위한 도구로, 지게와 비슷하게 생겼다. 자동차로 운송이 가능해지기 전까지는 주로 장거리 운송을 위한 도구로 쓰였다.

이튿날은 아침 일찍 출발했다. 다바타는 개울에서 길어 온 물을 모닥불에 끼얹은 다음 신발 바닥으로 꼭꼭 밟아서 불을 완전히 껐다. 차는 일행을 앞서거니 뒤서거니 하면서 따라갔다. 앞섰을 때는 차를 멈추고 일행을 기다리는, 참을성이 필요한 드라이브였다.

정오 무렵이었다. 묵직하게 울려 퍼지는 엔진음과 함께 빨간 포르쉐가 우리를 쫓아왔다. 젊은 여자다. 검은 야구모자와 선글라스를 벗으니 레이코였다. "아가씨!" 다바타가 깜짝 놀라 목소리를 높였다.

"이게 누구신가……. 대체 어찌 된 겁니까?"

"아저씨를 쫓아왔어요."

"여기 있는 줄 어떻게 알고서?"

"잠깐 할 이야기가 있어요. 이리 와요."

레이코는 차에서 내려 유유자적한 걸음걸이로 숲 속 깊숙이 들어갔다. 가볍고 부드러운 몸놀림에는, 긴 여행 후에 찾아올 법한 피로가 엿보이지 않았다. 나는 따라갔다.

다바타에게는 들리지 않을 만한 곳에 도착하자, 레이코는 나를 보았다.

"아저씨 전화를 받고 나서, 아빠는 곧장 남자 세 명을 불렀어요. 누군지 모르는 사람들뿐이었어요. 실버 고스트가 어디 있는지 알려줬고요. 이렇게 명령했어요. '긴말할 것 없다. 실버를 사살할 것. 휘발유를 뿌려 사체를 태우고, 땅에 묻도록.'"

레이코는 떠올리기도 싫은 일을 큰마음 먹고 이야기하듯 단숨에 쏟아냈다.

"그 사람들은 폭력 휘두르는 걸 업으로 삼는 깡패예요. 살인 청부업자라고요. 총을 소지하고 추격 중이에요. 무슨 수라도 써야 해요."

"실버를 구하라는 말입니까."
"그래요."
"전염병에 걸린 말을?"
"다바타 씨는 그렇게 생각하지 않아요."
"그런 것 같더군요. 그런데 그가 어디로 가려 하는지 압니까?"
"삿포로[札幌]."
레이코는 냉큼 대답했다.
"삿포로라고? 삿포로에 뭐가 있길래?"
"다바타 씨가 신뢰하는 유일한 인물이 있어요."
"……."
"아케타 박사님이라고, 수의사세요. 그 의사 선생님께 실버가 전염병에 걸리지 않았다는 사실을 증명해 주십사, 하고 부탁하려는 거예요. 분명."
나는 아무 말도 나오지 않았다. 상상조차 할 수 없는 이야기였다. 교토에서 여기까지 오는 데만도, 믿기지 않을 만큼 길고 고생스러운 여정[43]이었을 것이다. 게다가 그것으로도 모자라 바다는 어떻게 건너려는 것인가. 쓰가루[津軽] 해협[44]을 무슨 수로 넘으려는 것인가.
"실버는 전염병에 걸린 게 맞습니까?"
"몰라요. 그렇다고 진단은 받았지만."
레이코는 말했다.

---

43) 교토에서 산리쿠까지만 해도 어림잡아 1,000킬로미터 가까이 된다. 일본 혼슈[本州]의 최북단에 자리한 아오모리까지 가려면 그보다 더 걸린다.
44) 홋카이도 남단과 혼슈 북단(아오모리 현) 사이에 놓여 있는 해협이다. 1988년에 철도 전용인 세이칸[青函] 터널이 개통되었다. 총 길이 53.85킬로미터에 이르는 터널로, 교통기관용 터널로는 세계 최장이었으나 스위스와 이탈리아를 잇는 고트하르트 베이스 터널(Gotthard Base Tunnel)에 양보하게 되었다.

"류몬 씨라고 했죠? 다바타 씨에게 당장 도망치라고 전해줘요. 아빠는 냉혹한 사람이에요."

"고맙군요. 그런데 레이코 씨는 어떤 한자를 씁니까?"

"스즈코[鈴子]라 쓰고 레이코라 읽어요."

여기까지 말하고는 포르쉐가 뿜어내는 굉음을 남기고 돌아갔다. 저 가느다란 체구 어디에 이렇듯 놀라운 체력이 숨겨져 있는 것일까.

7

나는 스가이에게 연락했던 것, 그가 고용한 이들이 말을 죽이러 올 거라는 것을 다바타에게 말하지 않았다. 나를 이제 막 신용하기 시작했다고 가정한다면, 그 마음이 순식간에 무너져 더는 말이 통하지 않게 되리라고 생각해서였다. 다바타가 말했다.

"아가씨는 여길 어떻게 알았답니까? 왜 온 거지요?"

"레이코 씨는, 당신이 삿포로에 있는 아케타 박사를 찾아가려는 거라고 직감적으로 알아채고 있었소. 실버가 전염병에 걸리지 않았다는 것을 아케타 박사에게 보증 받을 작정이라고 하더군요."

"아케타 선생님은 실버가 망아지일 때 데리고 오셔서는, 제게 실버 돌보는 일을 맡기셨습니다. 이제부터 당신이 이 말을 보살피는 겁니다, 라고 하시면서요."

실버에게는 좀처럼 보기 드문 소질이 있다고, 반드시 이름을 떨칠 말이라고도 했다고 한다.

내게는, 위험이 닥쳐오고 있음을 알릴 의무가 있었다.

"다바타 씨. 레이코 씨는 스가이 사장이 불량배를 고용해서 당신을 추격하게 할 거라고 하더군요. 말을 숲 깊숙이 숨긴 다음, 추격자들을 따돌리는 게 어떻겠습니까."

"아니오, 저는 갈 겁니다."

단호한 데가 있었다. 완고함이 엿보였다.

"알겠습니다. 나도 아오모리까지 가도록 하지요. 차를 어딘가에 맡겨두고, 함께 갑시다. 팡을 데리고 돌아가는 건 나중으로 미룰 테니."

"당신도 같이 가신다고요? 어째서요?"

"도움이 될지도 모르잖습니까."

다바타 일행은 앞서 걸었다. 나는 차를 몰며, 다시금 앞서거니 뒤서거니 하면서 따라갔다. 마당이 넓은 농가를 발견했다. 얼마간 돈을 주고 차를 맡겼다. 수상쩍게 여기면서도 요청에 응해주었다. 실버와 셰퍼드, 다바타는 농가에서는 보이지 않는 곳에 있었다.

나와 조가 합세하여, 무리를 이룬 일행은 숲 속에 난 길을 걸어갔다. 낙엽이 촘촘히 깔린 임산 도로는 사람이든 동물이든 길 가는 자의 발소리를 지우며 독특한 냄새를 발산하고 있었다. 나는 차에 상비해두는 침낭과 담요를 둘둘 말아 등에 짊어졌다.

깨끗한 물이 흐르는 개울에서 모두 물을 실컷 마셨다. 다바타는 실버를 개울물에 들여 다리를 식혀주었다. 그때, 조가 고개를 번쩍 들고, 방금 지나온 임산 도로 쪽을 보았다.

조는 몸을 낮추고 자세를 가다듬었다. 언제라도 튀어나갈 수 있을 태세다.

"다바타씨, 말과 함께 도망치시오. 어서."

말이 채 끝나기도 전에 총성이 울렸다. 그러자 실버 고스트 앞에 서 있는 나무에 총알이 박히면서 나무껍질이 벗겨져 하얀 속살이 드러났다. 나무 그림자 사이로 몇 명 정도 되어 보이는 남자들의 모습이 아른거렸다. 또 쏘았다. 탄환은 실버 고스트의 등을 스쳤다.

다바타는 실버 고스트의 등에 훌쩍 올라탔다. 몸을 바짝 낮춘 자세로 달려갔다. 조가 쏜살같이 튀어나가서 총을 쏜 남자의 손목을 물어뜯었다.

남자는 비명을 지르며 총을 떨어뜨렸다.

조에게 부채질을 당했는지, 셰퍼드가 내달았다. 도망치려는 다른 남자의 등에 뛰어올랐다. 남자는 개를 등에 매단 채 소리를 지르며 쓰러졌다.

세 번째 남자가 제대로 조준도 하지 않고 엉거주춤하니 어설픈 자세로 나를 향해 발포했다. 탕, 하고 산탄총 소리가 나더니, 산탄이 주변 나무에 박혔다. 나는 달려가 남자에게 덤벼들어 다리후리기를 먹였다. 남자의 총을 낚아채서 개머리판으로 턱을 깨부수었다.

더블 배럴의 총열을 꺾어 빈 탄피와 실탄 한 발을 뺐다. 12 게이지짜리 더블오 벅샷이었다. 맞았다가는 만신창이가 된다. 총을 거꾸로 쥔 다음 나무에다 힘껏 쳐서 두 동강을 냈다.

손목을 문 채 떨어지려 하지 않는 조를 질질 끌고 도망치려던 남자의 총을 주운 뒤 30-06 탄환을 뺐다. 탄환은 풀숲에 던지고, 총을 꺾어 망가뜨렸다.

"조, 놔."

조에게 명령했다. 조는 마지못해 남자를 놓아주었다. 손목이 너덜너덜해질 만큼 조의 이빨에 깊게 물어뜯긴 남자가 "빌어먹을"이라고 신음을 흘리며 다른 쪽 손으로 기다란 사냥칼을 뽑아들었다. 나는 발로 차서 사냥칼을 공중에 날렸다. 남자의 겨드랑이를 꽉 쥐고 끌어당기자마자 허리로 업은 다음 내던졌다. 팔을 잡고 팔꿈치 관절을 꺾었다. 남자는 기절했다. 두 번 다시 총을 들 일은 없을 것이다. 남자의 총도 때려 부수었다.

"멍청한 놈. 사냥 시즌은 끝났거든."

들릴 리 없는 남자에게 말했다.

셰퍼드에게 잡혀 옴짝달싹 못하고 있는 남자에게 물었다.

"고용한 자가 누구냐."

"부탁이야. 개를, 개를 좀……."

"누가 시킨 건지 말해."

"스가이 사장. 서일본농장의."

"오케이, 놔."

나는 명령했다.

"팡, 놔!"

목소리에 힘을 주었다. 팡은 그제야 겨우 남자를 놓아주었다.

남자들의 품을 뒤져 운전면허증을 꺼내고 이름들을 종잇조각에 옮겨 적었다. 예상대로 셋 다 총포 소지 허가증을 갖고 있지 않았다. 암거래로 사들인 총을 불법으로 소지한 것이다.

"네놈만 말짱해선 안 되지."

남자의 손가락을 세 개나 부러뜨렸다.

"내 눈앞에 또 나타나면, 그땐 죽는다."

남자들을 내버려둔 채 차를 맡겨둔 농가로 되돌아갔다. 그리고 개 두 마리를 차에 태우고 천천히 운전했다. 어디선가 다바타가 말을 끌고 나타났다.

"아까는 멋들어지게 말에 올라타시더군요."

"덕분에 목숨을 구했습니다. 실버는 살해당할 뻔했어요."

고맙습니다, 정말 고맙습니다, 하며 몇 번이고 고개를 조아렸다.

다바타는 아오모리로는 가지 않고, 노헨지[野辺地]에서 북상하여 오마자키[大間崎]에 면한 해변에 이르렀다. 세이칸 연락선[45]에 말과 함께 탈 수 있다고 하더라도, 복잡한 절차를 거쳐야 할 것이다. 게다가 스가이가 미리 손을 써두었을지도 모를 일이다.

오마자키는 홋카이도에서 가장 가까운 곳이기는 하나, 그 사이에 놓인 바다를 무슨 수로 건너려는 것인가.

"배를 조달해보려고 합니다……. 당신께는 크게 신세를 졌습니다만……."

다바타가 건네는 인사에는, 이쯤에서 돌아가 주었으면 한다는 뉘앙스가 담겨 있었다.

"무슨 말인지는 알겠지만, 마음에 걸리는군요. 하다못해 배를 타는 것까지만 보고 돌아가고 싶습니다."

"아닙니다, 이제 더는 신세를 질 수 없습니다. 모쪼록 걱정하지 마시고……."

---

45) 1908년부터 1988년까지, 여객을 비롯해 철도 차량을 그대로 싣고 쓰가루 해협을 건넜던 철도 연락선이다. 세이칸 터널이 개통된 당일 정상 운항을 종료했다.

마음이 편치 않았다.

"저쪽까지 데려다줄 사람이 있다면 좋겠으나……. 여의치 않을 경우 말을 태울 수 있는 보트 같은 것을 빌리면 되겠지요. 하지만 그리하면 배를 저쪽 바닷가에 버려두는 꼴이 될 텐데요."

다바타는 고개를 가로저었다.

"제게 생각이 있습니다. 당신은 팡을 데리고 돌아가세요."

이 이상 개입하지 말라, 고 말하는 것이다.

"알겠습니다. 그럼 팡을 맡도록 하지요."

나는 얼마간의 돈을 꺼내 둘둘 말았다.

"말 먹이 값으로라도 써주십시오."

그러고는 돈을 건네려고 했다.

"성의는 고맙지만, 사양하겠습니다. 어떻게든 할 수 있을 테니까요."

돌아가는 것 말고는 달리할 수 있는 게 없었다. 다바타가 백미러 속에서 고개 숙여 인사한 듯 보였다.

오미나토[大湊] 만의 바닷가 근처에 있는 숙소를 잡아 하룻밤 묵었다. 오랜만에 목욕을 했더니 살 것 같았다. 저녁상으로 진수성찬이 나와서, 해산물을 배불리 먹었다. 조와 팡에게는 연어 머리를 띄운 가스지루[粕汁][46]를 끼얹은 밥을 먹였다.

조에게는 약속했던 대로 350밀리리터짜리 캔 맥주를 주었다. 팡은 맥주를 거들떠보지도 않았다. 단 걸 좋아하는 쪽인지도 모른다.

팡을 데리고 돌아가도, 스가이는 비용을 지불하지 않으리라는 데에 불현듯 생각이 미쳤다. 개를 찾아달라는 의뢰는 받아들이되 말에

46) 소금에 절인 연어나 방어, 채소 등에다 지게미를 넣고 끓인 국물 요리.

대해서는 관여하지 않겠다고 못 박긴 했다. 스가이는 개에 아무 관심도 없었다. 그의 목적은 오직 실버 고스트였다.

게다가 나는 그가 보낸 폭력배들에게 따끔한 맛을 보여주었다. 모르긴 몰라도 그는 돈을 내지 않을 것이다. 그러나 팡은 데리고 돌아간다. 계약은 지킨다.

서러브레드 경주마와도 어울리고, 포르쉐와도 어울리는 레이코를 떠올렸다. 자신의 아버지를 가리켜 냉혹한 사람이라고 잘라 말하는 젊은 여자가, 늙은 말 한 마리의 목숨을 위해 먼 거리를 단숨에 달려왔다.

이튿날 아침, 오마자키에서도 가장 바다 쪽으로 튀어나와 있는 곳으로 차를 다시 돌렸다. 다바타와 실버 고스트의 모습은 보이지 않았다. 현지 어부나 시장에서 일하는 사람들에게, 노인에게 배를 빌려주지 않았는지 물으며 다녔다. 빌려주지는 않았지만, 노 젓는 방식의 낡은 배를 도둑맞았다는 어부와 만났다. 그는 엔진이 달린 배로 고기잡이를 하고 있으며, 오래된 목조 배는 바닷가에 끌어다 올려두었을 뿐 최근 1, 2년 동안 사용한 적이 없다고 했다. "그런 배를 훔치는 인간이 있기는 한가?"라며, 남자는 배를 도둑맞았다는 사실을 반신반의했다.

팡을 데리고 교토의 조련소를 방문했다. 스가이는 활활 타오르는 석탄 같은 눈을 하고서 나를 보았다.

"뻔뻔한 낯짝으로 잘도 여길 왔군그래."

이를 갈듯 말했다.

"그 말인즉슨?"

"나를 거스르고 무사히 끝날 거라 생각하나?"

"험악한 말씀을 하시는군요. 나는 임무를 무사히 마쳤으니 셰퍼드를 데리고 온 겁니다."

스가이는 둥근 지팡이를 들어 마호가니 책상을 내리쳤다. 나는 의자에 앉은 채로 말했다.

"진정하십시오. 혈압에 나쁩니다. 개는 넘겨주겠소. 요금을 지불해줬으면 하는데."

"네게 줄 돈은 없어. 안 좋은 꼴 당하기 전에 꺼져."

"그런 식으로 얼마나 많은 사람들을 협박해왔습니까? 나한테는 협박 따위는 통하지 않습니다. 돈을 받을 때까지 여기서 꿈쩍도 안 할 겁니다."

스가이는 전화에 손을 뻗었다.

"총 가진 깡패들을 또 부를 셈입니까? 그 셋의 이름과 주소 모두 알고 있지요. 무슨 일이 있었는지 있는 그대로 이야기한다면, 도리이 경시정은 뭐라 말하려나. 게다가 실버 일이 세상에 알려졌다간 당신은 틀림없이 실추하게 될 겁니다."

스가이는 수화기를 내팽개쳤다. 사람을 불러 내게 주어야 할 요금 40만 엔을 가지고 오게 했다. 나는 받은 돈을 주머니에 갈무리했다.

"영수증은 필요 없을 테지요?"

그러고 나서 며칠 후의 일이다. 레이코에게서 전화가 왔다.

"탐정 아저씨. 실버는 아케타 박사님이 계신 곳에 도착했어요."

"잘됐군! 그래서, 전염병 문제는?"

"실버는 전염병 따위는 걸리지 않았던 거였어요. 다바타 씨가 믿고 있던 대로였어요."

"정말 다행이군요. 나도 이제 안심입니다."

"실버도 다바타 씨도 지금은 박사님 목장에서 평온하게 지내고 있는 것 같아요."

전부 다 아저씨 덕분이에요——레이코가 목소리를 바꾸어 진지하게 말했다.

"다바타 씨가 그러는데, 아저씨가 생명의 은인이랬어요."

"그이는 노 젓는 배로 바다를 건넜지 싶은데, 무사히 도착했고?"

"무사히 건너진 못했어요. 도이[戸井] 해변을 눈앞에 두고 배가 뒤집혔대요. 오래되고 낡은 배라서 물이 새고 있었고, 게다가 커다란 동물이 배 안에 서 있다 보니……."

"그래서?"

"헤엄쳤대요. 말도 사람도, 둘 다 겨울 바다를 헤엄친 거예요. 다바타 씨는 실버의 등에 타고 고삐를 쥔 채로, 헤엄치고 또 헤엄쳐서 가까스로 해변에 닿았대요."

나는 탄성을 흘렸다.

"대단한데! 그런 일이 실제로 가능합니까?"

"박사님 말로는, 신의 가호가 있었다나요. 그렇게 생각할 수밖에 없어요."

"믿음이 있다면, 인간은 그 어떤 일이라 해도 해내고 마는 건가."

"말과 노인이 하나가 되어서요……."

레이코는 말을 더 잇지 못했다.

그날 밤, 전등을 끈 컴컴한 방의 침대에 누워 눈을 감으니 환영 하나가 떠올랐다. 죽을힘을 다해 시린 바다를 헤엄치는 말과 말의 귓가에다 계속해서 속삭이는 노인의 모습이, 오래된 흑백 필름영화처럼 짜르르 소리를 내며 눈꺼풀 안쪽에 나타났다가, 사라졌다.

톱스(Top's)[47] 초콜릿 케이크를 한 상자 사서 오랜만에 고베에 갔다. 언젠가 크리스마스이브 밤에 꽃을 샀던 가게에 들어가 장미꽃 열두 송이를 포장해달라고 했다. 그날 밤 리본을 묶어준 점원은 아니었다. 나는 가와타니 하나를 만나러 갔다.

하나는 내 목소리를 듣더니 세인트 메리와 함께 득달같이 뛰어나왔다.

"우와아, 아저씨다! 진짜 왔어!"

하나는 달려들어 나를 부둥켜안았다. 나는 장미꽃과 케이크를 하나의 손에 쥐여 주었다. 장미꽃에는 가시가 있으니 조심하라 일렀다. 하나는 귓등으로 흘려보냈을지도 모르겠다.

비번인 가와타니 군조가 작업용 바지 차림으로 튀어나왔다.

"류몬 씨!"

오랜만에 보는 군조도 잘 지내고 있는 듯 보였다.

"덕분에 이번 일도 잘 마무리했습니다. 오늘은 영 레이디에게 데이트를 신청하러 왔지요."

"하나는 입만 열면 그 이야기더라고요. 잘 오셨어요."

일단 올라오라고 하는 걸 사양하고, 하나와 잠깐 외출해도 되겠는지 물었다.

"아빠, 다녀올게. 세인트 메리랑 공원에서 뛰노는 걸 아저씨한테 보여줄 거야. 아빠는 얌전히게 집 지키고 있어."

---

47) 1964년 도쿄 아카사카[赤坂]에 개업한 아메리칸 스타일의 레스토랑으로, 애초 디저트용으로 만들어졌던 초콜릿 케이크가 크게 인기를 얻었다. 전국 주요 도시에서 판매 중이다.

하나는 세인트 메리의 목줄을 끄르고, 공원의 잔디밭에서 뛰놀았다. 세인트 메리도 생각했던 것보다 살쪄 있지는 않았다. 하나는 몰라보게 성장했다. 장애가 있다고는 느껴지지 않는 밝은 모습으로 웃고, 달리고, 여기저기 뒹굴었다.

나는 하나의 볼록한 뺨을 양손으로 가볍게 감싸 쥐고 말했다.

"장하구나, 하나. 잘하고 있어."

그 언젠가, 개를 데려가지 말라며 눈물을 흘리던 뺨은 반들반들하게 빛났으며, 생명력이 솟아 넘치고 있었다. 보고 있자니 애틋해서 마음이 죄어들었다. 나는 하나를 끌어당겨 꼭 안았다.

또 와요, 다음번엔 하나가 오므라이스 만들어줄게요, 라고 말하는 하나의 목소리를 뒤로하고 집으로 돌아갔다.

문득 생각이 나서 고요엔[甲陽園]에 있는 오스가 준의 집에 들렀다. 준은 없었으나, 리처드가 나왔다. 비쩍 말랐어도 눈빛은 그대로였다.

"여어, 다쿠. 건강해 보이는군."

리처드는 쉰 목소리로 말했다.

"예. 저도 파트너도 잘 지내고 있습니다."

"집으로 들어가세. 스리랑카에서 온 맛있는 차가 있어."

나는 붉은 지붕을 얹은 별관에서 잠시 시간을 보냈다. 리처드가 뜨거운 홍차를 내왔다. 달지 않고 딱딱한 비스킷은 홍차와 잘 어울렸다. 나는 비스킷 하나를 조에게 주었다. 가와타니 하나와 세인트 메리를 만나고 오는 길이라고 이야기했다.

"그랬군. 그 아이는 많이 컸겠는걸."

"예. 몰라볼 만큼……."

나는 서러브레드를 쫓았던 이번 사건에 대해 들려주었다.

“이번에도 또, 여기 이 파트너가 활약한 덕분에 해결할 수 있었습니다. 그런데 저는 해가 갈수록 별스러운 것을 좇는 신세가 되는 것 같아요.”

“사이드킥(SideKick)……이려나.”

“예? 무어라 말씀하신 거죠?”

“자네는 조를 가리켜 파트너라고 곧잘 말하곤 하지. 사이드킥이라는 건 파트너라는 뜻일세. 동료라는 의미야.”

“사이드킥……. 처음 들어보았습니다.”

리처드는 난롯불을 뒤적였다. 발이 시려서 통증을 느끼는 것이리라.

“사이드킥이 있는 남자는 행복하지. 나는 집사람을 먼저 떠나보냈고, 다로와도 작별했네. 거기다 준은 학교를 졸업한 후 취직했고…….”

자고 가라는 걸 사양하고, 밤길을 달려 돌아왔다. 리처드는 쓸쓸해하는 것이로구나 싶었다. 달리 견줄 사람이 없으리만치 다부진 성정(性情)의 저 리처드가, 마음속 깊은 곳에서 배어 나오는 적막함에 맞서 견디고 있는 것이다.

사람은 누구나, 늙은 후에는 그저 쓸쓸함을 부여안은 채 남겨진 긴 여정을 걸어가게 되는 것인가.

조만간 버번과 치즈라도 들고 리처드를 찾아가야겠다고 생각했다.

밤길을 달리며, 변함없이 조수석에 잠들어 있는 조에게 말했다.

“어이, 사이드킥. 돌아가면 한산하자고.”

악역과 비둘기

1

나는 펌프 액션 산탄총을 몸 앞쪽에 비스듬히 들고, 완만한 비탈을 걸었다. 나무들이 드문드문 서 있는 숲 속은 아침 햇살이 비쳐들어 환하다.

조금 떨어진 곳에서 사냥동호회 회장인 기무라 옹이 걷고 있다. 일흔을 넘긴 사람이라고는 여겨지지 않는 튼튼한 다리를 지녔다. 사냥 경력 50년이라는 오랜 세월을 거치며 단련된 하반신이다.

큰 꿩을 쏘도록 하게, 라는 기무라 옹의 권유를 받고 찾아온 것이다. 조류 사냥에는 관심이 없는 조는, 차 안에 두고 왔다.

기무라의 포인터인 써니의 목에 달린 발신기에서 나는 소리의 간격이 갑자기 핏핏핏 하며 짧아졌다. 써니가 사냥감을 포착하여 포인트(point)한 것이다. 우리는 소리가 나는 방향으로 걸음을 서둘렀다.

흰 바탕에 갈색 얼룩이 있는 써니가, 꼬리를 빳빳하게 곧추세운 자세로 얼어붙은 듯 가만히 있었다. 왼쪽 앞다리를 올린 채다. 눈앞의 마른 풀 사이에는 분명 옴짝달싹하지 못하고 있는 새가 숨어 있을 것이다.

내가 사격 위치를 잡자, 기무라는 "가!" 하고 큰 소리로 명령했다. 개가 뛰어드는 것과 동시에 꿩 두 마리가 푸드덕거리며 날아올랐다.

배를 드러낸 암컷이 내 머리 위를 날고, 수컷은 암컷과 반대로 숲 속을 향해 날았다. 나는 총을 견착하여 꿩이 나무와 나무 사이로 모습을 보인 순간, 쏘았다. 꿩은 공중제비를 하듯 떨어졌다. "훌륭한 솜씨군"이라며 기무라가 말했다.

써니가 커다란 입으로 꿩을 물고 돌아왔다. 기무라의 말대로 여느 꿩보다 한층 더 큰 사냥감이었다. 햇볕이 내리쬐는 가운데, 진홍색 뺨에 푸른색과 녹색, 보라색, 회갈색, 은색으로 화려하게 치장한 몸뚱이가 빛나고 있었다.

나는 근처 나무에서 잘 휘어지는 가지 끝 부분을 골라 새끼손가락 정도의 길이로 꺾었다. 묵직한 꿩을 손바닥에 올리고 배가 하늘을 향하게끔 눕혔다. 그런 다음 아랫배에 숨을 훅 불었다. 하얀 깃털 사이로 항문이 드러났다.

두 갈래로 갈라진 나뭇가지를 꿩 항문에 찔러 넣었다. 나뭇가지를 살짝 비틀자 손에 전해지는 느낌이 있었다. 나뭇가지를 천천히 끄집어내자, 새의 창자가 가지 끝의 갈래에 걸려 빠져나왔다. 귀찮은 마음에 가지만으로 끝까지 빼려고 했다가는, 창자가 툭 끊어져서 몸속으로 돌아가고 만다. 그렇게 되면 배를 갈라야만 창자를 꺼낼 수 있다.

창자를 손가락으로 쥐고 줄줄 잡아 뺐다. 비린내가 코를 찔렀다. 창자 길이는 총보다도 훨씬 길다.

"암컷은 젖도 거기도 훤히 다 드러내놓고 날아다니지. 못 잡을 것을 아는 양 무방비해. 그래서는 빗자루로도 때려잡아 떨어뜨릴 수 있겠구먼."

기무라는 써니에게 새의 창자를 먹였다. 나는 아침 이슬이 남아 있는 풀을 잡아 뜯은 다음 손바닥 사이에 끼고 비벼서 손에 밴 냄새를 지우려고 했다. 창자를 빼내는 작업은 새를 쏘아 떨어뜨리자마자 앉은자리에서 바로 해두어야만 살이 썩지 않는다. 사냥꾼이 해야 할 일이니 하고는 있으나, 나는 이 냄새가 견디기 힘들 만큼 싫다.

해는 높이 떴고, 공기 중에 낙엽 냄새가 감돌았다. 사냥감을 기무라 옹에게 건네며 인사했다.

"덕분에 좋은 사냥을 했습니다. 저는 일이 있어서 이만 실례하겠습니다……."

그렇게 양해를 구하고, 사냥을 오전 중에 그만두었다.

조를 데리고 노세에 있는 집을 향해 차를 몰았다. 일이 있다고 말하기는 했으나, 사실은 아무 일도 없었다. 나는 일거리가 들어오지 않아 공치는 중이었다.

2

달걀 세 알로 프라이를 하고 베이컨을 구워 늦은 점심을 먹고 있는데 전화가 울렸다. 나 스스로에게 허세를 부리며, 벨이 여섯 번까지 울리게 두었다가 수화기를 들었다.

침착하면서도 깊이 있는 남자의 목소리였다.

"덴도라고 하오. 체서피크 사냥개가 사라졌소. 상담을 좀 하고 싶은데."

"언제, 어디서, 어떤 상황에서 사라진 겁니까?"

"옆집에 사는 사람이 키우는 개요. 나는 요즘 아침과 저녁에 조깅하러 나갈 때 그 개를 데리고 가거든. 일 때문에 멀리 가야 하는 날과 비 오는 날 말고는 쭉 그래왔소. 개도 주인도 좋아했고."

남자는 담담히 이야기를 꺼냈다.

"어젯밤 일이었소. 조깅하던 중에 공원에 있는 화장실에 들러 볼일을 봤지요. 나와 보니 개는 사라지고 없더군. 불러봤지만 돌아오지 않았어요. 목줄을 끌러뒀기 때문에 개 목걸이만 하고 있는 상태였소. 목걸이에는 인식표 번호가 새겨져 있는 금속판이 달려 있고. 그러니 이 개를 찾아주었으면 합니다."

남자의 이야기에는 군더더기가 없었고, 요점이 분명했다.

"알겠습니다. 일단 만나시지요. 어디 사십니까?"

"여기는 오이마자토[大今里]라는 곳이오. 오사카 동남부. 그쪽이 사는 노세에서는 거리가 제법 될 거요. 중간쯤 되는 우메다[梅田] 쪽에서 만나는 거로 합시다."

오사카 역과 가까운 호텔 로비에서 만나기로 했다.

약속 장소에 도착하자 소파에 앉아 있던 남자가 불쑥 일어났다. 반들반들할 정도로 빡빡 민 머리, 남들 이상으로 훨씬 넓은 어깨통에다 두꺼운 가슴……. 강한 기운을 발산하는 남자였다. 보통 사람이 아니다.

남자는 내게 다가와서 "덴도요"라고 말했다.

나는 "류몬 디쿠입니다"라고 인사했다. 남자는 소파 쪽으로 손짓하며, 커피 괜찮겠느냐고 묻고는 웨이트리스를 불러 주문했다.

"덴도에는 어떤 한자를 씁니까?"

"천지(天地) 할 때의 천, 동자(童子) 할 때의 동이오. 이름은 라이타[雷太]. 천둥을 뜻하는 뇌(雷)에다 굵다 할 때의 태(太)를 쓰지. 남들은 내 이름이 슈텐동자[酒呑瞳子][48] 같다는 말을 자주 하더군요."

살생석(殺生石)[49]처럼 기를 발산하는 덴도의 체구에는 보는 사람을 위압하는 데가 있으나, 길게 찢어진 눈은 맑고 깨끗했다. 오뚝한 코에 도톰한 입술에는 미소가 살짝 어려 있는 게, 꼭 돌부처같이 생긴 얼굴이다.

나는 물었다.

"개는 체서피크 베이 레트리버 맞습니까?"

"맞소. 이름은 오델로이고, 온몸이 다크 브라운색 털로 덮인 개입니다."

"주인은 사냥을 하는 사람입니까?"

"독신 여성인데, 사냥은커녕 그 어떤 취미도 없고 아무 유희도 즐기지 않는 사람이오. 미도스지[御堂筋]에 면해 있는 큰 상사회사에서 밤늦게까지 일만 하지요."

"어째서 레트리버 같은 사냥개를 키우는 겁니까?"

"그 여성은, 시노부……. 아시다 시노부라는 사람이오. 시노부 씨의 어머니 동생, 그러니까 이모의 남편이 사냥을 했다고 하더군요.

---

48) 단바[丹波] 오에야마[大江山]에 살고 있었다고 전해지는 오니[鬼] 또는 도적 떼의 우두머리로, 술을 좋아했기 때문에 이런 이름이 붙었다고 한다. 미나모토노 요리미쓰[源頼光, 948~1021년]가 사천왕을 이끌고 퇴치했다고 한다. 덩치가 무척 크며 험상궂은 모습으로 묘사되곤 한다. 참고로 단바는 오늘날의 교토 부 중부와 효고 현 동부를 아우르는 지역이다.

49) 도치기[栃木] 현의 나스온센쿄[那須温泉郷] 근처에 있는 용암 덩어리다. 해당 지역은 황화수소와 이산화황 같은 유독 가스가 끊임없이 분출하고 있으며 살아 있는 것이 접근하면 목숨을 빼앗는다고 하는 돌로, 그에 얽힌 설화가 존재한다. 지금은 관광명소가 되었다.

그 이모 부부가 자동차 사고를 당해서 두 사람 다 죽고 말았지요. 2년 전의 일이라는 것 같고. 부부는 외동딸을 남기고 세상을 떠났습니다. 당시 여덟 살이던 그 아이와 오델로 모두 시노부 씨가 거둔 거요."

나는 이야기에 몰입하고 있었다.

"젊은 여성의 몸으로 친척의 아이와 개를 거둬서 키우고 있다는 뜻입니까……. 요즘 같은 시대에 보기 드문 이야기로군요."

"시노부 씨는 야근도 마다치 않고 일을 하는데, 그렇게 해서 번 돈의 대부분은 어머니에게 부치지요. 나가노[長野]의 병원에 자리보전하여 누워서는 꼼짝 못하고 있거든요."

할 말을 잃었다. 그저 신음만 흘릴 뿐이었다.

"오델로를 잃어버린 건 내 책임이요. 무슨 수를 써서라도 찾아내서 돌려주고 싶소."

개를 찾는 일을 수락하기로 했다. 비즈니스인 만큼 요금에 대한 이야기를 했다.

"알겠소. 그 정도면 괜찮군. 그러나 착수금 10만 엔은 내일까지 기다려주시오. 내일 있을 싸움에서 벌어야 하니까."

"싸움?"

"나는 치고받고 하면서, 판돈으로 먹고살거든."

"스트리트 파이터 같은 겁니까?"

"그렇소. 레슬링판의 짜고 치는 수작질을 못 견디고 협회를 나온 게 벌써 5년 전의 일입니다."

"스트리트 파이트가 일본에도 있는 줄 몰랐습니다. 그럼 승부에서 졌다간 돈을 벌지는 못하겠군요."

"맞는 말이오. 하지만 나는 지지 않지."

그럴지도 모르겠다고, 상처 하나 없는 덴도의 얼굴을 보며 생각했다. 문득 스트리트 파이트라는 것을 보고 싶어졌다.

"내일 시합은 어디서 열립니까?"

"고베. 항만에 있는 창고 안에서 붙을 거요."

"고베 항이라고 하면, 항만 하역 작업이 이루어지는……."

"맞소. 판을 벌인 자는 야쿠자지. 폭력단이 주도하는 일회성 행사입니다."

"저도 볼 수 있습니까?"

"볼 수 있고말고. 입구에서 나나 내 매니저 이름을 대면 됩니다. 매니저는 고마쓰라고 하는 남자요."

"덴도 씨, 당신은 조직에 얽매이지도 않고 남에게도 의지하는 일 없이, 독자적으로 움직이는 한 마리 늑대로군요."

"그 말대로군요. 매니저인 고마쓰도 마찬가지고. 누구에게도 복종하지 않는, 근성으로 뭉친 남자지요. 그가 어떤 시합에서 싸울지를 정하고, 나는 그저 격투를 벌일 뿐이고."

우리는 호텔을 나섰다.

"댁은 노름 같은 건 안 하게 생겼지만, 나한테 걸면 수입이 쏠쏠할 겁니다."

덴도의 말을 뒤로하고 노세로 향했다. 덴도라는 남자의 강렬한 개성에 한동안 취해 있었다. 그리고 시노부라는 여성에 관해 이야기하던 그의 말 속에, 공경하는 마음과 애정이 깃들어 있다고 생각했다.

산속의 요새 같은 집으로 돌아왔다. 〈류몬 사냥개 탐정사〉라고 크게 적힌 간판도, 볕을 쬐고 바람을 쐬고 눈을 맞으며 거죽이 거칠거칠

하니 거무스름해져 있었다.

일단 여기 산에서 나는 물을 냉장고에서 꺼내 마시고, 자동응답기에 남겨진 부재중 메시지를 들었다. 두 건의 의뢰가 들어와 있었다. 아침까지만 해도 일이 없어 공치던 내가, 갑자기 인기 탐정이 된 기분이었다.

나는 지금 어떤 사건에 관여하고 있는 까닭에, 모처럼 의뢰를 주신 건 감사하나 이번 건은 거절할 수밖에 없다고, 메시지에 남겨진 번호로 전화해서 이야기했다. 돈은 두 배로 낼 테니 먼저 들어온 의뢰는 취소하고 우리 개를 찾아달라는, 한국어 억양이 섞인 투로 말하는 남자도 있었다.

수락 여부와는 별개로, 개가 사라진 날짜와 시간, 장소를 들은 뒤 깜짝 놀랐다. 하나는 이쿠노[生野] 구 가쓰야마[勝山], 다른 하나는 히가시나리[東成] 구 후세[布施]였으며, 두 곳 모두 덴도가 오델로를 잃어버린 오이마자토와 가까웠다. 그것도 최근 하루 이틀 사이에 벌어진 일이다. 게다가 둘 다 혈통서가 있는 사냥개다. 대체 이 지역에서 무슨 일이 있었던 것인가.

나는 일단 두 건의 의뢰인의 주소를 물었다.

3

덴도가 말했던 고베 부두의 창고 주변에는 수십 대나 되는 차들로 북적이고 있었다. 차창 유리를 검게 선팅한 벤츠와 BMW, 링컨 등 한눈에 야쿠자라는 것을 알 수 있는 차들도 섞여 있었다. 젊은 조직원이 교통정리를 하고 있다.

창고와 조금 떨어진 곳에 차를 세웠다. 조를 차에 남겨두고 손가락 하나가 들어갈 정도로 차창을 내려두었다. 덴도의 이름을 말하자 철로 만들어진 문이 열렸다. 입구 바깥에서는 동종 업계의 인간이 잠입하지 못하도록 긴장해 보이는 남자가 입장객의 얼굴을 살피고 있다.

천장이 높은 창고 안은 이상한 열기로 가득 차 있어 숨이 막힐 지경이었다. 로프가 쳐져 있었고, 로프 뒤에 마련된 관객석은 싸움이 벌어질 무대보다 한 단 정도 높았으며 100명 정도 되는 관객이 창고 안을 메우고 있었다. 앉아 있는 사람은 없었다.

중산모자를 쓰고 캐시미어 코트를 입은 남자가 두꺼운 지폐 다발을 쥐고 있었다. 도박판을 벌이고 판돈을 떼는 사람, 즉 도모토[胴元]이리라. 도모토 옆에는, 불이 붙지 않은 시가를 문 어떤 남자가 관객에게서 돈을 받거나 종잇조각에 연필로 뭔가를 적어 넣고 있다. 시가를 문 채 폼을 잡고는 있어도, 잔챙이라고 얼굴에 씌어 있었다.

로프 안에서는 거대한 체구에다 반라의 남자들이 치고받고 있는 중이었다. 펀치, 팔꿈치 가격, 킥, 육탄 공격 등 온갖 기술이 허용되는 격투였다. 남자들은 눈가가 찢어지고, 입술이 터지고, 피를 흘리며 싸우고 있었다. 격투는 어느 한쪽이 쓰러져서 일어서지 못하게 될 때까지 이어진다.

150킬로미터는 나갈 법한 거한이 쓰러졌다. 일어나려고 했으나, 다시 뒤로 넘어가며 벌렁 자빠졌다. 어시장에 내동댕이쳐진 참치 같았다. 매니저와 젊은 조직원이 쓰러진 남자의 두 발을 잡고서 질질 끌고 갔다.

이와 같은 개막전이 세 차례 있은 후, 오늘의 메인이벤트 순서가 돌아왔다. 선수 소개자가 마이크를 쥐고 고함을 질렀다.

"더, 썬 히가시(The Sun 東)!"

열띤 환호성이 터졌다. 원래 스모를 했었으며 3년 전에는 오제키[大關][50]까지 올랐던 남자다. 스모 선수이던 시절과 비교하면 몸이 몰라볼 정도로 탄탄해졌다. 선수 소개자가 히가시와 맞붙을 자의 이름을 알렸다.

"배드(Bad) 덴도!"

야유 소리가 덴도를 맞이했다.

배드라고? 악역이라는 뜻인가? 덴도가 왜 악역이라는 거지?

상반신을 훤히 드러낸 덴도는 맨발에 청바지만 걸친 채 등장했다. 무성의하게 두 팔을 든 후, 이제부터 싸움에 임하겠다는 것을 관객에게 보여주는 자세나 몸짓도 없이 히가시에게 가까이 다가갔다. 다짜고짜 라이트 스트레이트를 히가시의 턱에 날렸다.

덴도보다 덩치가 월등히 큰 히가시의 상체가 뒤로 젖혀졌다. 거의 동시에, 덴도는 재빨리 키드니 펀치를 좌우로 먹였다.

---

50) 스모 선수를 가리키는 리키시[力士]의 계급 중 하나로, 요코즈나[橫綱] 바로 아래다. 1909년에 요코즈나를 최고위라 명문화하기 전까지는 오제키가 리키시의 최고위였다.

히가시는 덴도를 부둥켜안고 숨을 돌리려 했다. 질식하게 만드는 고깃덩어리 아래에서, 덴도는 짧은 어퍼컷을 쳐올리며 히가시를 뿌리쳤다.

히가시는 망치로 내려치는 듯한 훅을 겨우 날렸다. 덴도는 종이 한 장 차이로 펀치를 피하자마자 제대로 보이지도 않는 속도로 빠른 연타를 날렸다. 주먹을 잇달아 처넣고 또 처넣은 다음, 정확하게 겨냥한 스트레이트를 히가시의 턱에 깊이 꽂았다.

둔중한 소리와 함께 히가시의 턱뼈가 바스러졌다. 첫 펀치를 먹은 데와 같은 곳을 맞은 것이다. 히가시는 무릎을 풀썩 꿇었다.

머리를 흔들며, 두 손을 바닥에 대고, 히가시는 일어서려고 했다. 바싹 다가서서 자세를 가다듬고 기다리던 덴도는, 히가시가 무릎을 바닥에서 뗀 순간, 관자놀이에 주먹을 때려 박았다. 쌓아올린 기왓장을 바로 위에서 꿰뚫어버릴 기세로 내려친 펀치였다. 히가시는 고꾸라졌고, 얼굴을 바닥에 부딪히며 쓰러지고는, 일어나지 못했다.

쓰나미[津波] 같은 탄성이 일었다. 멋들어지게 싸운 덴도의 모습에, 이번에는 박수를 치는 사람도 있었다. 히가시가 어떤 훈련을 거듭해 왔든, 여기선 전혀 통하지 않는 뒷골목의 싸움 기술을 구사한 것이다.

덴도는 아무 일도 없었다는 태도로 물러나, 티셔츠를 입고 점퍼를 걸쳤다.

덴도의 매니저가 도모토의 중산모자에서 돈을 꺼낼 때, 긴박한 공기가 흘렀다. 그러나 고마쓰라고 하는 그 남자는 조금도 굴하지 않은 얼굴로 도모토와 대치했다. 도모토의 손에서 억지로 낚아채듯이 하여 지폐 다발을 쥐었다. 대충 휘리릭 세어보고는 주머니에 쑤셔 넣었다. 히쭉 웃고는 말했다.

"좀 더 제대로 된 상대를 데려오셔야겠네."

고마쓰는 덴도를 따라 뒷걸음질을 치며 창고를 나갔다.

두 사람은 도박장 부근이 차들로 혼잡하리라는 사실을 미리 알고 있었을 테니 택시 같은 것을 타고 왔을 것이다. 둘은 나란히 걸어갔다. 고마쓰는 슬며시 뒤를 돌아보며, 쫓아오는 자가 없는지 살피는 것 같았다.

나는 뒤쫓아 가며 말을 걸었다.

"덴도 씨, 제 차에 타는 게 어떻겠습니까?"

"오, 보러 왔었군. 그럼 타고 가볼까."

덴도는 고마쓰와 나를 서로에게 소개했다. 여위고 홀쭉한 체격의 고마쓰는, 가까이서 보니 거죽만 남은 듯한 마른 얼굴에 상흔이 무수했다. 산전수전 다 겪은 얼굴이었다.

덴도와 고마쓰는 내 사륜구동의 딱딱한 시트에 엉덩이를 붙였다. 달리기 시작한 차 안에서, 두 사람은 얼굴을 마주 보며 처음으로 웃었다.

"해치웠구먼, 배드."

고마쓰는 지폐 다발을 꺼내어 다른 쪽 손바닥에 철썩 내리쳤다. 덴도가 말했다.

"저 사람한테 10만 엔 건네줘."

나는 돈을 받고 고마쓰에게 말했다.

"당신도 배짱이 좋더군요."

"저런 녀석들을 상대로 일하려면 목숨을 걸고 하는 수밖에. 우리 같이 약한 것들은 언제나 필사적이지요."

4

오델로라는 개가 살았던 곳을 봐두자는 생각에, 덴도에게 전화했다. 덴도는 안내해주겠다며 선뜻 수락했다.

우메다에 있는 호텔 앞에서 덴도를 픽업했다. 조수석에 올라탄 덴도는 차가 비좁게 느껴질 만큼 볼륨이 있었다.

이쿠노 구에 이르렀을 때, 덴도는 동네 분위기를 파악하기 위해 잠깐 이 부근을 차로 돌아보자고 말했다. 오이마자토에 인접한 후세, 고사카, 슌토쿠미치 등 긴테쓰 전차의 선로를 따라 형성된 동네는 요 몇 년 동안 인구가 급속히 늘어난 곳이다. 날림으로 대충 지은 작은 주택과 문화아파트[51]라 일컫는 2층짜리 초라한 아파트, 슈퍼마켓, 그리고 작은 공장인 마치코바[町工場] 등이 다닥다닥 무질서하게 들어찬 동네였다.

마치코바라고는 해도 규모가 무척 작았는데, 기름에 찌든 작업장이 담배 가게와 잡화점 사이에 비집고 들어서 있는 식이었다. 검게 빛나는 선반과 평삭반이 떡하니 놓여 있었고, 기껏해야 두세 사람의 나이 든 직공이 일할 법한 규모였다.

그런가 하면 정면의 폭이 한 간(間)[52] 정도인 공간에서 중년 연배의

---

51) 공동주택의 한 형태이며 1950~60년대 고도경제성장기에 쓰이기 시작한 용어로, 당시 지어졌던 2층짜리 복도식 목조 아파트를 가리킨다. 나가야[長屋]를 비롯해 그전까지의 일반적 공동주택 대부분이 화장실과 부엌을 공용으로 썼던 것과 달리, 이들 설비가 각 가정에 독립적으로 놓인 데서 '이전보다 문화적이다'라는 뜻으로 지어진 이름이다. 주로 간사이 지방에서 쓰인다.

52) 길이의 단위. 약 1.82미터.

남자 하나가 행인 쪽을 향해 쭈그려 앉아서는 끄트머리에서 불꽃이 튀기는 산소봄베로 뭔가 용접을 하고 있곤 했다.

잡탕 같은 동네였으나, 사람들은 스스럼없이 말을 주고받았고, 잡담을 나누며 웃고 즐거워하는 등 삶의 활기로 넘쳤다.

길은 차로 붐벼서 운전하기 어려웠고, 좁아진다 싶으면 막다른 길이거나 난데없이 일방통행으로 바뀐다. 차로 다닐 곳은 아니다.

덴도가 사는 오이마자토의 아파트는 사람 통행이 적은 약간 외진 곳에 있었다. 목조 건물에다 모르타르를 바른 싸구려 아파트였다. 복도 하나를 공유한 형태로 다섯 집이 늘어서 있는데, 맨 끝에서 두 번째 집이 덴도가 사는 곳이며, 복도 구석에 있는 옆집이 덴도가 이야기한 아시다 시노부라는 여성의 거처였다.

시노부의 집 외벽의 처마 밑, 그러니까 바깥에서는 보이지 않는 곳에 오델로의 개집이 있었다.

"쓸데없이 짖는 개가 아니다 보니, 남들은 여기에 개가 있다는 사실을 알아채지 못하지요."

덴도가 말했다.

나는 차로 돌아가 조를 데리고 왔다. 조에게 오델로의 개집을 보여주었다. 조는 개집에 고개를 들이밀고 오델로의 냄새를 듬뿍 맡았다.

덴도는 조를 보고 눈을 휘둥그레 떴다.

"별난 개로군요……. 개가 맞습니까?"

"조라고 부릅니다. 내 파트너이지요."

나는 물었다.

"지난번에 듣기로 오델로의 털은 다크 브라운이라고 했는데, 젖으면 검게 보이지 않습니까?"

"아, 듣고 보니 그렇군요. 비를 맞으면 검게 보이지요. 하지만 털에 광택이 있고, 댁의 늑대처럼 털이 거칠지는 않습니다. 귀도 이렇게 쫑긋하지 않고 늘어져 있거든요."

나는 고개를 끄덕였다.

"체서피크는 그런 개지요. 게다가 눈은 노란색일 테고."

"맞소, 그 말대로요. 나는 개에 대해선 아무것도 모릅니다. 그러나 체서피크라는 종은 좋은 사냥개 같던데, 아닙니까?"

"체서피크 베이 레트리버는, 사냥꾼이 물에 빠뜨린 사냥감을 헤엄쳐서 회수해오기도 합니다. 살얼음이 깔린 겨울 연못에 뛰어들어 오리를 물고 돌아오는 개이기도 하지요. 총에 맞은 채 물가의 갈대 사이로 도망치는 오리를 집요하게 쫓아서 끝끝내 잡아오곤 합니다. 습지에서의 사냥에는 절대로 빼놓을 수 없는 사냥개이지요."

사람 목소리가 난 탓인지, 시노부가 사는 집에서 소녀가 얼굴을 내밀었다.

덴도가 부드러운 표정으로 소녀를 보았다.

"사쿠라코구나. 학교는 벌써 마쳤고?"

소녀는 "응" 하며 고개를 끄덕이고, "포한테 먹이 주고 있었어"라고 말했다.

"그랬구나. 포도 꽤나 기운 차렸겠는데. 이제는 날 수 있을지도 모르겠구나."

사쿠라코라는 이름의 소녀는 동그랗고 커다란 눈으로 덴도를 올려다보며 말했다.

"아저씨, 이번 주 일요일은 노는 날이야?"

"나는 1년 내내 노는 사람이지."

"시노부 언니도 일요일에 쉬니까, 어디 넓은 데 가서 포를 놓아줄까 하는데."

"좋은 생각이야. 셋이서 소풍 가자. 내가 차를 빌려 올 테니까."

"아저씨, 운전할 줄 알아?"

"옛날에 덤프트럭 몰았던 적이 있거든. 운전은 자신 있지."

덴도는 앞머리를 일자로 자른 사쿠라코의 단발머리를 쓰다듬으며 말했다.

"시노부 씨는 오늘도 늦나?"

"맨날 야근만 해……. 이러다 언니 몸 상하겠어."

"일요일엔 맛있는 걸 잔뜩 먹여주자."

"정말? 재밌겠다."

사쿠라코는 개집을 들여다보며 말했다.

"오델로가 아직 안 돌아왔어. 어딘가에서 길을 잃어버린 걸까?"

"걱정하지 마. 여기 이 아저씨하고 이제부터 오델로를 찾아 나서기로 했거든."

나는 개집 바닥에 깔려 있던 목욕 수건을 얻어 비닐봉지에 넣었다.

걸으면서 말했다.

"포?"

"아, 멧비둘기 얘기요."

"멧비둘기를 기른다는 이야기입니까?"

"날개를 다쳐서 날지 못하게 된 멧비둘기가, 시노부 씨네 빨래 건조대에 앉아 있는 걸 거뒀어요. 그 녀석에게 먹이와 비타민제를 주고 있지요."

나는 물었다.

"방금 그 아이가 시노부 씨 사촌입니까?"

"착한 아이지요?"

"쓸데없는 걸 묻는 것 같긴 한데, 어제는 무자비하게 상대를 때려눕히던 사람이, 여자와 어린아이에게는 어째서 이리도 다정할 수 있지요?"

"그 애송이는 스모 할 때부터 싫었거든."

덴도는 내 물음에 대한 대답이 되지 않는 말을 하고는, 입을 다물었다.

나는 그저께 여기 히가시오사카[東大阪] 근방에서 사냥개 실종 사건이 오델로 말고도 또 있었다는 이야기를 했다. 사라진 개들은 하나같이 혈통서가 있는 개 같다고 말했다.

"흐음."

덴도는 걸음을 멈추었다.

"사냥개를 도둑질하는 놈이 있나 본데."

"나도 그런 생각이 들었습니다. 둘 이상의 인간에 의한, 조직적인, 사냥개를 전문으로 하는 절도단이……."

"그렇다면 더 있을지도 모르겠군. 다른 동네에서도 비슷한 사건이 벌어지고 있는 거 아닙니까?"

어찌 되었든 탐문하러 다녀보겠다, 고 말했다. 덴도는 바지 주머니에서 지폐 다발을 꺼내 대충 센 다음 10만 엔을 내게 들이밀었다.

"착수금은 어제 받았습니다. 수색 의뢰를 받아들였을 때의 요금은."

"개를 찾았을 때 줘야 하는, 그다음 요금입니다. 돈이 있을 때 지급해둬야지요."

"찾을 수 있을지는 보증할 수 없습니다."

"댁은 찾아낼 거요. 개를 무사히 데리고 돌아올 경우의 30만 엔도, 아예 지금 받아가도 되고."

"아니, 그건 그때 가서 받겠습니다."

뭔가 정보를 입수하면 알려달라고 한 후, 덴도와 헤어졌다.

무작정 수색을 시작했다. 언제나 그랬다. 내가 하는 이 일에는 신의 계시도 번뜩이는 기지도 여간해선 거의 찾아오지 않는다. 그저 걸으며 물으며 돌아다닐 뿐이다.

먼저 그저께 한국식 억양으로 개를 찾아달라고 말하면서 돈을 두 배로 내겠다던 사람이 사는 이쿠노 구의 가쓰야마에 가보았다. 가쓰야마도리라는 이름의 대로에는 경찰서와 세무서, 소방서, 구청 등이 있었고, 이름을 들어본 적 있는 기독교 계열의 단기대학(短期大学)[53)]이 있었다. 이 부근에는 대문이 으리으리한 집들도 많았다. 그저께 전화를 걸었던 사람은 이 지역에 사는 부자이리라.

가쓰야마도리를 따라 나 있는 이카이노신바시까지 온 다음, 옆길로 들어가 마치코바의 간판에 차를 바싹 붙여 주차했다. 다른 차들이 지나갈 공간은 충분히 있다.

조를 데리고 걸었다. 땅을 파서 만든 수로처럼 생긴 히라노가와라는 이름의 하천 주변을 걸었다. 히라노가와 기슭은 콘크리트로 보강되어 있었으며, 강물은 남북으로 길게 흐르고 있다. 마치코바와 작은 규모의 주택이 밀집된 동네 사이를 가로지르는 하천치고는 폭이 넓었

53) 2년 또는 3년제 대학으로, 직업 및 실제 생활에 필요한 능력을 키우는 것을 주된 목표로 하는 일본의 교육기관이다.

고, 수면에 푸른 하늘이 비쳐서 의외로 아름답게 보인다. 흐르는 물을 보고 있노라면, 인간은 마음이 놓이는 법이다.

수염을 길게 늘어뜨린 노인 둘이 대중목욕탕 앞에 서서 한국어로 잡담을 나누고 있었다. 두 사람 다 금속으로 만들어진 대야를 든 채 이야기가 길어지고 있는 듯하다.

이카이노라는 동네 이름은 지도에 표시되어 있지는 않았다. 왜 그런지 물어볼 요량으로, 다닥다닥 늘어선 낡은 집들 사이에 있는 찻집에 들어갔다. '모닝 세트를 곁들인 커피 400엔'이라 적혀 있었다. 커피를 주문했다. 가게 주인 같아 보이는, 어머니라고도 부르는 중년 부인이 "모닝 세트는요?" 하고 물었다.

"주십시오"라고 대답했다.

석쇠에 구운 두꺼운 토스트, 새 모이 수준의 샐러드, 삶은 달걀 하나와 함께 커피를 내 왔다.

"추워라."

어머니가 말했다. 나는 커피콩 찌꺼기로 내린 듯한 커피를 한 모금 마시고, 동네 이름에 관해 물어보았다.

"아, 이카이노라는 이름은 말이지요, 저기 있는 신바시[新橋]하고 강 하류의 이카이노 변전소에만 남아 있는 정도예요. 못 사는 동네 이미지가 있다고 해서 이카이노라는 말을 쓰지 않게 됐거든요. 정화운동 덕분에 강물도 깨끗해졌지요. 주소에다 '일본 이카이노'라고만 써도 한국이나 북한에서 편지를 받을 수 있었던 때도 있었지만."

동네를 걸어보고서, 한국인이 많다는 사실에 놀랐다. 주민의 절반 정도가 한국 아니면 북한 사람이지 않을까 싶었다. 호루몬[54] 구이집

54) 소나 돼지의 내장을 가리키는 말로, 좁게는 소장과 대장을 지칭한다. 주로 굽거나 나

이 대낮부터 자욱한 연기를 내뿜으며 냄새를 발산하고 있었다. 서민의 활력으로 넘치는 이 동네는, 일본인과 한국인이 경계 없이 함께 살아가고 있는 것 같았다.

차로 돌아오자 메리야스 셔츠에다 털실로 짠 진베[55]를 입은 작은 몸집의 노인이 나를 올려다보며 말했다.

"차 좀 빼주시게나."

"미안합니다."

나는 차를 끌고 관청으로 가서 방문객용 주차장에 세웠다.

이 부근을 조금 더 봐둘 생각에, JR 고가를 배경으로 걸어갔다. 발길이 닿는 대로 느긋하게 걸었다. 길가에 가게가 보이면 "온몸이 갈색에다 눈이 노란 사냥개를 못 보셨습니까?" 하고 묻는 게 고작이었다.

"모르겠는데", "글쎄요, 모릅니다", "눈이 노랗다는 것만 가지고는 어려운데. 전깃불처럼 켰다 껐다 하는 게 아니면 눈에 안 띄지."

"형씨. 이런 데다 개를 풀어놓으면 금방 잡아먹혀서 뼈고 가죽이고 흔적도 안 남을걸."

섬뜩한 말을 천연덕스럽게 던지는 남자가 있었다.

"개? 개는 역시 보신탕이지. 추울 때는 몸이 후끈후끈 데워지는 게 아주 그만이라니까. 잘하는 가게 알려줘?"

베 요리에 쓴다. '호루몬[ホルモン]'이라는 이름이 붙은 이유에 대해서는 크게 두 가지 설이 있는데, 하나는 도살장 등에서 소나 돼지를 잡은 후 버리던 내장을 전후 재일 한인들이 가져다가 먹었다고 하며, 오사카 사투리로 '버리는 것'을 뜻하는 '호루몬[放るもん]'이 명칭으로 정착했다는 것이다. 다른 하나는 체내에서 호르몬 분비를 촉진하는 건강 요리로 전쟁 전부터 일본에서도 먹었다고 하는 설로, 내분비물을 가리키는 '호르몬(hormone)'을 그대로 식재료 및 요리 이름에 적용했다고 하는 것이다.

55) 남자들이 주로 여름에 입는 실내복으로, 무릎 정도까지 내려오는 길이에다 통소매로 되어 있으며 끈으로 앞섶을 묶어 입는다.

뭘 착각했는지 이렇게 말하고는 눈을 반짝이는 남자도 있었다.

돌아오는 건 이런 반응뿐이었다. 설령 오델로가 여길 걷고 있었다 한들, 사냥개 따위에 주목하는 사람이 있을 리 없는 동네인 것이다. 당근처럼 코끝에 매달려 어른거리는 현금을 향해, 저마다 분주히 뛰고 있었다.

주택도 가게도 적었고 황폐한 분위기를 풍기는 구역이 도매시장 근처에 있었다. 동네 변두리 같은 곳이었는데, 나무로 지어 슬레이트 지붕을 얹은 오두막 몇 채가 인기척도 없이 늘어서 있었다. 널빤지로 친 울타리에 적혀 있는 문구를 보니 자갈과 목재 창고인 것 같았다.

고물 자동차와 냉장고, 철책 따위가 고물상 울타리를 비집고 나온 형태로 쌓여 있다. 녹슬고 삭은 고철 더미 그늘에, 어디서 주워 온 널빤지를 못 같은 것으로 박아 고정시킨 게 전부인 듯한 오두막이 있었다.

조가 처음으로 반응을 보였다. 자물쇠를 늘어뜨린 양철 출입구 틈에 코끝을 들이밀었다. 오두막 주위를 두 번 돌았다. 오두막 안에서는 아무 소리도 들리지 않았다. 나는 돌로미테 등산화로 오두막을 걷어찼다. 역시 아무것도 들리지 않았다. 위치를 머릿속에 새긴 다음 조를 데리고 차로 돌아갔다.

자동차전화로 사냥동호회 회장인 기무라 옹에게 전화했다. 가게를 아들에게 맡기고 노후를 편안히 보내고 있는 기무라는 금방 전화를 받았다.

사냥개가 연달아 실종되고 있는 현상을 간단히 전한 후, 이곳 히가시오사카 지구의 사냥동호회 지부장을 소개해달라고 했다. 기무라 옹은 앉은자리에서 고이케라고 하는 이름과 전화번호를 알려주었다.

미리 전화해두겠다는 말도 덧붙였다.

잠시 후 고이케라는 사람에게 전화했다.

"저는 류몬이라고 합니다. 실종된 사냥개 찾는 일을 하고 있습니다."

"별난 직업이로군요. 조금 전에 기무라 씨한테 전화가 왔는데, 당신에게 협조해달라고 부탁받은 참이라오. 헌데, 무슨 일이신가요?"

요 하루 이틀 사이에 개를 도둑맞았거나, 개가 사라졌다는 사람이 히가시오사카 지역만 해도 몇 명이나 있다는 사실을 전했다. 이런 이야기를 또 들은 적은 없는지 물었다.

"그러고 보니 나한테도 상담하러 온 사람이 있었어요. 여기는 오사카 성(城)하고 가까운 모리노미야인데, 집에 사람이 아무도 없을 때 누군가가 마당에 침입해서 목줄을 끊고 개를 데리고 간 모양이더군요. 우리 집에서 가까운 데 사는 사람인데, 혈통서가 딸려 있는 저먼 셰퍼드였다고 합니다."

"독일 포인터는 타인에게는 그다지 살갑게 굴지 않을 텐데요."

"그래서 개가 짖어댔을 거라 생각은 하지만, 여럿이서 강제로 끌고 간 것 같다나 봐요."

"참고가 되었습니다. 다시 전화드릴지도 모르니 잘 부탁드립니다."

다음으로 가네다라는 이름의, 한국어 억양을 쓰던 사람의 집에 전화했다. 목소리에서 기품이 느껴지는 중년 부인이 받았다.

"사냥개 일로 그저께 연락을 받은 류몬이라는 사람입니다만."

"남편은 지금 가게에 나가 있습니다. 급한 용무가 있으시다면 가게 쪽으로 전화해보시겠어요?"

라며 정중히 말했다. 가게 위치와 전화번호를 알려주었다. 나는 직접 가보기로 했다.

부인이 가르쳐준 긴파로 보석점이라는 가게는 JR 쓰루하시[鶴橋] 역과 가까운 큰길에 있었다. 크고 넓은, 환한 가게다. 유료 주차장에 차를 주차한 후 가게를 방문했다. 대낮에도 휘황찬란하게 불을 밝힌 가게에서는 열 명 정도의 남녀가 일하고 있었다.

내 이름을 말하며 주인인 가네다 씨와 만나고 싶다고 말했다. 하얀 와이셔츠에 까만 넥타이 차림의 점원이 가게 안쪽으로 사라졌다. 커다란 몸집에 붉은 얼굴을 한 중년 남자가 모습을 드러냈다. 이쪽으로 오시라는 말과 함께 응접실로 안내받았다.

가네다는 소파를 가리키며,

"가네다입니다. 당신이 류몬 씨? 그럼 제 개를 찾아달라는 의뢰를 받아주시는 겁니까?"

라고 말했다.

"아니오, 그래서 온 건 아닙니다. 전화로 말씀드렸다시피 저는 이미 사건을 하나 맡고 있습니다. 둘이 됐건 셋이 됐건 여러 사건을 동시에 진행할 수 있는 재주는 없는 몸입니다. 잠깐 이야기를 들을 수 있을까 하여 찾아뵈었습니다."

나는 드시라며 내온 뜨거운 차로 목을 축였다. 독특한 향기가 있는 옥수수차였다.

요 며칠 동안 사냥개를 잃어버리거나 도둑맞은 사건이 여기저기서 벌어지고 있다는 사실을 이야기해주었다. 가네다는 성정이 침착한 남자였고, 성공을 거둔 사람답게 자신감으로 넘치고 있었다. 말없이 내 이야기를 듣고 있었다.

“사건이 일어나는 방식을 보면 비슷한 구석이 있습니다. 개는 조직적으로 움직이는 절도단에 도둑맞았을 가능성이 있어요. 제가 이미 의뢰를 받아들인 사냥개를 쫓다 보면 가네다 씨의 개에 관해서도 뭔가 알게 될지 모릅니다. 사정을 좀 더 자세하게 들려주십시오.”

가네다는 살집이 실팍한 어깨에 턱을 묻으며 끄덕였다.

“알겠소. 겹치기로는 일을 안 한다는 대목에서 당신의 성의가 엿보이는군요. 부디 당신이 내 의뢰를 수락해줬으면 좋겠습니다만.”

가네다는 가게에서 일하는 사람에게 지시하여 개의 혈통서를 가지고 오게 했다. 근사한 잉글리시 세터였다. 이름은 진저이고, 흰 바탕에 노란 반점이 있다고 한다.

“그날, 나는 시가[滋賀] 현 모리야마[守山]에서 꿩이랑 자고새를 사냥한 후 가쓰야마에 있는 집으로 돌아왔소. 진저를 정원에 풀어두고, 가족과 함께 식사하러 레스토랑에 갔지요. 두 시간 정도 있다가 돌아와 보니 진저는 사라지고 없더군요. 정원에 풀어두긴 했지만, 개가 제힘으로는 바깥으로 나갈 수가 없어요. 손전등을 가지고 직원들과 집 주위를 돌며 찾아보았지요. 높이 1.5미터짜리 돌담에 흙 묻은 신발 자국이 있지 뭡니까. 못해도 두 명 정도의 남자가 담을 타고 넘어 정원에 들어와서 진저를 훔쳐 간 모양이오. 세터나 포인터는 사람을 잘 따르는 까닭에 낯선 사람을 봐도 짖지 않잖아요. 당신이라면 잘 알고 있을 테지요.”

가네다는 단숨에 이야기를 마친 뒤 양복 상의를 벗었다. 광택이 있는 와이셔츠 아래로 터질 듯한 핑크빛 피부가 비쳤으며, 언더셔츠는 입고 있지 않았다. 실크 넥타이에는 은으로 만들어진 넥타이핀이 꽂혀 있었고, 알 굵은 다이아몬드가 빛나고 있다.

“게다가 말이지요, 도둑이 침입한 곳에 담배꽁초가 떨어져 있었습니다. 주워서 보니까 한국 담배더군요. 나는 한국 출신이라서 바로 알았지요. 도둑들 사이에는 한국인이 섞여 있는 것 같습니다.”

“그렇겠군요. 무슨 말씀이신지 이해가 갑니다.”

“어찌 됐든, 당신이 말한 대로 먼저 수락한 건을 진행하되, 진저를 찾는 건 그다음 순서로 여겨주길 바라오. 만일 진저를 찾아준다면 돈은 꼭 치르지요……. 내가 지불한 돈으로 당신, 이 가게에서 보석을 사요. 그럼 우리 둘 다 행복해지는 겁니다.”

“그럴 수 있다면 좋겠네요. 오늘은 갑자기 찾아와서 실례를 끼쳤습니다.”

나는 자리에서 일어섰다.

“먼 데까지 오느라 애쓰셨소. 당신에 대해서는 사냥 친구에게 들었지요. 신뢰할 수 있는 듬직한 남자라고 하더이다.”

5

나라의 오야규에 사는 멧돼지 사냥의 리더, 히우치 데쓰오에게 전화했다.

“여어, 탐정 나으리. 드디어 이 몸에게 땅을 팔 마음이 생긴 건가?”

다짜고짜 난폭한 목소리가 튀어나왔다.

"생각하는 중이야."
"재작년부터 생각 중이잖아."
"멧돼지 쪽은 어때."
"글러 먹었어. 해마다 수가 줄고 있다니까. 차로 산 중턱까지 들어갈 수 있게 되면서 망했어……. 이봐, 용건은 뭐야. 멧돼지 상황이나 물으려고 전화한 건 아닐 텐데."
언제나 그렇지만 육감이 날카로운 남자다.
"실은 의견을 듣고 싶은 일이 있는데."
사냥개 실종 사건이 빈발하고 있는 저간의 사정을 이야기했다.
"계획적이고도 강제적인 면이 있어. 어쩌면 사냥개만 노리는 절도단이 존재하고, 그 절도단이 닥치는 대로 개를 모으고 있는 게 아닌가 싶어."
"흐음. 듣도 보도 못한 이야기로군. 이 지역에선 그런 이야기는 들은 바 없지만, 네가 말한 것처럼 강탈 그룹이 존재하겠는걸. 게다가 말이야, 류몬. 사냥동호회 아니면 관공서에 속한 인간이 가담했을 게 뻔해. 혈통서가 딸린 개만 노리고 있다는 말인즉슨, 어디어디에 사는 아무개가 어떤 개를 소유하고 있는지 알고 있다는 소리라고. 명부를 보고 고른 다음에 사전 답사를 거쳐서 단번에 훔치는 거지."
"생각도 못해봤군. 나보다 네가 탐정 일을 해야겠는데."
"내가 탐정을 하게 되면, 조수로 써먹어 주지."
"좀 더 들어봐. 이번에 개를 도둑맞은 사람 중에 보석상을 하는 한국인이 있어. 집에 아무도 없는 때를 틈타 담을 넘어서 개를 채 간 모양인데, 흙 묻은 신발 자국이 남겨진 담 바깥에, 한국산 담배꽁초가 있었다는군. 절도단에 한국인도 섞여 있는 것 같아."

히우치가 담배에 라이터로 불을 붙이는 소리가 들렸다. 히우치는 지포 라이터만 쓴다. 한 번의 동작으로 뚜껑을 열고, 부싯돌을 쳐서 불을 붙인 후, 뚜껑을 덮는다.

"혈통서가 딸린 사냥개만 모아서 뭘 어쩌려는 거지? 개인이 사냥하면서 부릴 수준의 마릿수가 아닌데."

"파는 거지."

히우치는 태연하게 말했다.

"등록된 개이니 일본 내에 있는 사냥꾼에게는 못 팔아. 일본 바깥에 내다 파는 거라고. 아마 한국에 파는 게 아닐까? 한국은 지금 급속도로 발전하고 있잖아. 사냥개를 부리며 사냥을 할 수 있을 만큼의 여유를 가진 인간들이 증가하고 있지 않겠어? 열 마리, 스무 마리쯤 모아서 한꺼번에 배로 나르지 싶은데."

생각지도 못한 이야기에 눈이 트이는 느낌이었다.

"이야, 여러모로 한 수 배웠다. 고마워. 그런 방향으로 가닥을 잡고 추적해보지."

"어이, 이번에는 상황이 다소 난폭하게 돌아가는 거 아냐? 그렇게 되면 나도 한몫 거들러 갈 테니까. 뭐, 어쨌든 조심해. 노세에 있는 네 산, 나한테 넘길 때까지 죽지 말라고."

이마자토, 후세, 가쓰야마, 모리노미야를 잇는 원을 머릿속에서 그려보았다. 이카이노, 히라노가와가 떠오른다. 도매시장과 가까운 구마타초도 히라노가와 부근에 있다.

오사카의 시타마치를 관통하며 끝도 없이 흐르는 히라노가와…….

이 강에 뭔가가 있다.

산에서 맞이하는 아침은 영하 2도였다. 냉기가 피부를 찔렀다. 먼저 난로에 불을 지폈다. 이슬이 드리워진 창문 유리를 손바닥으로 한 번 슥 닦았다. 잎을 모조리 떨군 산림의 나무들이, 아침 해가 내리쬐는 가운데 가지 하나하나를 하늘로 뻗고 있다. 아침노을이 남아 있는 푸른 하늘이, 오늘도 맑을 것임을 알리고 있다.

난로는 방 안을 금세 데웠고, 주전자가 피리를 불듯 물 끓는 소리를 냈다. 베이컨, 치즈, 양상추를 넣은 샌드위치를 2인분 만들어서 알루미늄포일로 쌌다. 보온병에 뜨거운 커피를 가득 담은 뒤 조와 차에 올라탔다.

구닥다리 사륜구동은 단번에 시동이 걸렸다. '차도 여자도 다루는 방식은 하나'라던 험프리 보가트의 대사가 떠올랐다.

이쿠노 구의 남단, 구마타초와 가까운 곳에 있던 일전의 오두막으로 향했다. 조가 냄새를 맡고 주위를 두 차례 돌았던, 아무도 없는 오두막이다.

이 오두막을 감시할 작정이었다. 이번 사건의 단서가 될 만한 건, 지금으로써는 오두막뿐이었다. 현장에 도착하자 아직 7시였다. 주변을 둘러보니 드나드는 사람이나 차량은 없었다.

조와 함께 오두막 앞까지 가보았다. 조는 지난번과 같은 반응을 보였으나, 오두막은 여전히 텅 비어 있는 듯 보였다. 아무도 없는 것을 확인한 뒤 널빤지로 둘러친 오두막 울타리를 걷어찼다. 누군가 있다면 밖으로 나올 것이고, 생명체가 있다면 어떤 식으로든 움직임이 있을 것이다.

오두막을 감시할 수 있는 근처의 창고 처마 밑에 차를 세우고, 무작정 잠복을 시작했다.

망원렌즈를 단 니콘 카메라와 작은 아사히펜탁스 쌍안경을 옆에 두었다.

하지만 그날은 아무 일도 일어나지 않은 채 해가 저물었다. 차를 몰아 집으로 갔다. 허탈감이 어깨를 짓눌렀다. 나는 대체 무얼 하고 있는가. 이런 의문이 나를 괴롭혔다. 쓸데없는 일에 의미도 없이 시간을 낭비한 기분이 든다.

그러나 이튿날도 마찬가지로 오두막을 감시했다. 어제와 다른 점이 있다면, 점심거리로 오렌지를 하나 곁들인 정도다.

볼륨을 줄이고 토니 베넷(Tony Bennett)을 들었다. 트럭과 밴 몇 대가 와서는, 각기 오두막들에서 짐을 꺼내 싣고, 또 짐을 내린 다음 돌아갔다. 그럴 때마다 고개를 숙이고 조는 척하면서 주의 깊게 감시하고 있었다. 뒷좌석에 있는 조와 샌드위치를 나누어 먹었다. 보온병에 담긴 블랙커피는 뜨거웠고 맛있었다.

정오가 조금 지났을 무렵이었다. 더러운 왜건이 이쪽으로 오더니, 오두막 입구에 차를 가까이 세운 후 멈추었다. 나는 카스테레오를 끈 다음 카메라를 들고 촬영할 준비를 했다. 차에서 내린 남자 둘이 자물쇠를 풀고 오두막의 미닫이문을 열었다. 운전석에 앉아 있던 남자가 내려서 짐칸으로 기어들어갔다.

개가 차 바깥으로 나왔다. 나는 셔터를 눌렀다. 차에서 오두막까지의 짧은 거리를, 세 마리의 개가 이동했다. 셔터를 계속 눌러댔다.

남자들은 개를 집어넣은 후 오두막에 자물쇠를 채우고, 차에 올라타고는 떠났다. 카메라 렌즈를 끌어당겨 차 뒤의 번호판을 찍었다. 차를 쫓아갈까 고민하기도 했으나, 오두막에 있는 개들을 확인하고 싶었다.

못을 하나 주워 와서 공구함에 들어 있던 망치로 두드렸다. 납작해진 못을 자물쇠에 찔러 넣어보았다. 좌우로 움직여본 뒤 못을 뺐다. 못에 각도가 생기도록 구부렸다. 이번에는 철컥하는 소리가 나면서 자물쇠가 풀렸다. 공중전화의 전화기 안에 쌓여 있는 동전을 훔치던 중학생에게 배운 방법이다.

목걸이를 한 세 마리의 개가 오두막 안에 묶여 있었다. 콘크리트 바닥 한구석에 거적이 깔려 있었고, 사료가 담긴 접시와 물그릇이 놓여 있다.

오델로도 진저도 그곳에 없다는 것을 한눈에 알았다. 조도 세 마리의 개에게는 이렇다 할 관심을 드러내지 않았다. 나는 플래시를 터뜨려 개를 촬영하고, 오두막 내부의 구조도 찍었다. 개 목걸이에 달린 인식표 번호를 수첩에 적었다.

단서가 될 만한 게 없을까 하며 둘러보았다. 사료 포대가 선반 위에 쌓여 있었다. 수도 옆에 둘둘 말린 호스 뭉치와 장화 한 켤레, 그리고 헵번 샌들[56] 한 켤레가 있었다. 헵번 샌들은 고무 재질의 앞이 트인 슬리퍼다. 싸고 튼튼한 신발이라는 이유로 서민들이 애용한다. 이 일대에서는 가내수공업으로 많이 제작되고 있다.

손으로 들고 살펴보니 헵번 샌들의 뒤축이 조금 높았다. 여성용이다. 장화 사이즈도 작았다. 절도단 패거리에는 여자도 있나 생각했으나, 개똥을 치우고 오두막 안을 청소하고 개들에게 먹이를 주기 위해 고용된 여자이겠다고 생각을 고쳤다. 오두막에 개가 있을 때는 연락을 받고 이리로 오는 것이리라.

---

56) 배우 오드리 헵번의 성인 'Hepburn'과 샌들(sandal)을 조합한 것으로, 오드리 헵번이 영화 〈사브리나〉에서 신은 데서 비롯한 일본 조어다.

자칫하다가는 못 보고 지나칠 뻔했다. 기둥의 그늘진 쪽에, 압정으로 꽂아둔 작은 종잇조각이 있었다. 미간을 모으고 들여다보니 '11월 30일, 3시, 네야가와[寢屋川]'라고 연필로 휘갈긴 메모였다.

나는 자물쇠를 채우고 오두막을 뒤로한 채, 서둘러 노세로 돌아갔다. 암실로 들어가 오늘 찍은 필름을 현상하고, 6절 사이즈로 인화했다. 그 짧은 시간에 대여섯 장 찍었다. 개는 일부러 클로즈업해서 찍지 않았다. 오두막에 개가 있었다는 증거로 삼고자 했기 때문이다.

인식표에 새겨진 등록번호를 메모해두었으니, 주인이 누구인지는 알 수 있다. 오두막에서 개를 빼내 주인에게 돌려줄 수도 있었으나, 지금은 의뢰인의 개가 어디 있는지 알아내야 한다.

6

잿빛 구름으로 뒤덮인 흐린 아침이었다. 여느 때와 다름없는 메뉴로 아침 식사를 마친 후 덴도에게 전화를 했다. 우메다에 있는 호텔에서 만나기로 했다. 지도와 개의 사진을 챙겨 집을 나섰다.

호텔 매니저는 덴도와 나를 기억하고 만 모양이다. 까까머리 레슬러와 시끄러운 소리가 나는 볼품없는 신발 차림의 나를, 어떻게 대해야 좋을지 갈피를 못 잡는 것 같다.

덴도는 평소와 달리 환하고 밝은 얼굴이었다.

"뭔가 좋은 일이라도 있었습니까?"

"딱히. 왜요?"

나는 지금까지의 경위를 전부 보고했다. 모리노미야에서 개를 도둑맞은 일이 있었다는 것도 이야기했다. 만일을 위해 세 마리의 개를 찍은 사진도 보여주었다.

"훔친 개를 임시로 여기에 숨겨두는 식입니다."

"그렇다는 건?"

"오두막 안의 기둥에 종잇조각이 꽂혀 있더군요. 11월 30일, 3시, 네야가와라고 휘갈겨 적은 메모였어요."

"내일이잖아……. 네야가와는 뭡니까?"

나는 지도를 펼쳤다.

"봐요. 히라노가와는 이마자토, 가쓰야마, 모리노미야, 이들 지역과 전부 가까운 곳을 흐르는 하천입니다. 그리고 네야가와와 합류하지요. 네야가와에서 서쪽으로 가면 나카노시마를 거쳐 강 하구에서 시리나시가와와 아지가와로 갈라지고. 더 가면 바다입니다. 오사카항으로 흘러드는 거지요."

덴도는 허를 찔린 표정으로 고개를 들어 나를 보았다.

"배로 개를 옮기는 거로군요."

"같은 생각입니다."

"맙소사, 생각도 못 했군. 수로를 이용한 운반이라니, 기막힌 방법인데."

덴도는 기합이 들어간 듯했다.

"개를 임시로 보호해두는 이런 오두막 같은 곳이 또 있을지도 모르겠군요."

"그렇지요. 그런 다음 시간을 정해서 네야가와에 집결합니다. 거기까지는 작은 배로 두세 마리씩 옮기고. 어떤 식으로든 개를 실었다는 걸 감추고 말이지요. 네야가와에는 아마 단평선(団平船)[57]처럼 대량의 짐을 운반할 수 있는 배가 기다리고 있을 겁니다. 널빤지로 지붕을 만들어 덮으면 십수 마리의 개를 운반해도 남들 눈에 띄지 않지요."

"그 말이 맞겠는데요. 그래서 시리나시가와 아니면 아지가와로 가는 거군요. 시리나시가와는 여러 규모의 기범선(機帆船)[58]이 정박하는 곳이라서, 수상쩍은 배들로 득시글거린단 말이지요. 개가 있든 돼지가 있든, 아무도 신경 쓰지 않을 겁니다. 아지가와 쪽은 주오 시장과 맞닿아 있어서 한국 물건들을 실은 배가 자주 드나들고요."

"강 하구에서 39형 아니면 99형 수준의 기범선으로 개를 이동시켜 바다를 건널 겁니다. 목적지는 제주도 아니면 목포 정도일 것 같습니다. 전문 브로커가 대기하고 있을 테고요."

덴도는 눈을 빛내며 말했다.

"우리는 강을 따라 추적하면 되겠군요."

"내 일에 당신을 말려들게 해서 면목 없지만, 도와줬으면 합니다."

"하지 말라고 해도 할 겁니다."

"먼저 오두막을 감시합니다. 오두막과 가까운 히라노가와에서 작은 배로 개를 옮길 거라고 생각됩니다."

"우리는 어디서 습격합니까?"

"오델로는 단평선에 없을지도 모릅니다. 도둑맞은 지 좀 지났으니까요. 하구의 기범선까지 쫓아가서 배에 올라탈 수밖에 없어요."

---

57) 일본식 배의 일종으로, 폭이 넓고 바닥이 평평하다. 목재나 석탄, 토사 등 무게가 나가는 화물의 근거리 운송에 쓰인다.

58) 동력 기관과 돛을 함께 갖춘, 비교적 작은 배.

"재밌겠는데. 한바탕 난동부릴 수 있겠는걸."

"위험합니다. 상대가 몇 명이나 되는지도 아직 모릅니다. 무기도 소지하고 있을 테지요. 전과자나 깡패일 게 뻔합니다."

"기범선까지 뒤쫓은 후에는 나 혼자서 배에 올라타겠소."

"사냥개 탐정은 몸으로 일합니다. 게다가 수라장에서는 내 파트너인 조가 움직일 거고요."

"저 늑대 말입니까?"

"저 녀석은 마음에 들지 않는 놈의 목을 좋아하거든요."

"흐음. 주인을 닮아 온순할 거라 생각했는데."

문득 떠오른 게 있었다.

"덴도 씨. 왜 당신을 '배드'라 부르지요?"

"짜고 치는 싸움은 안 하거든요."

우리는 커피를 한 잔 더 마셨다. 덴도는 뭔가 고백이라도 하려는 태도로 말했다.

"일요일에, 소풍 다녀왔습니다."

"아, 시노부 씨와 사쿠라코하고……."

"사쿠라코가 포라고 이름 지었던 멧비둘기를 들판에서 놓아주었지요. 두 손바닥으로, 이런 식으로 감싸서 말이에요. 하늘로 날려 보냈어요. 떨어지는가 싶더니, 날갯짓을 하면서 날아가더군요."

"즐거웠던 모양입니다. 얼굴에 다 씌어 있어요."

"시노부 씨가 웃고 또 웃었어요. 팔뚝에 작게 문신을 넣었었는데, 티셔츠를 입어서 그게 보인 거예요. 내 문신을 보고 뭐라고 했는지 아십니까? '와아, 장미 문신! 예뻐라' 하면서 손가락 끝으로 만지더라니까요."

"장미 문신 같은 게 있었단 말이지요? 지난번 고베의 창고에서는 시합하는 걸 넋 놓고 보느라 알아채지 못했는데……. 하지만 잘 어울릴 것 같군요."

배드는 장미꽃 봉오리인 로즈버드(rosebud)[59]에서 따 왔을지도 모르겠다는 생각이 문득 들었다.

"참, 프랑스 요리도 먹었습니다."

"아가씨들이 기뻐했겠군요."

"이렇게 맛있는 건 태어나 처음 먹어본다고 하더군요……."

11월 30일, 아침, 이마자토의 아파트와 가까운 공원에서 덴도를 태웠다. 아침 일찍부터 집 앞에서 시끄러운 소리를 내고 싶지 않다고 해서였다. 덴도는 까만 라운드넥 스웨터에다 구스다운 점퍼를 입고 있었다. 아래로는 닳아 해진 청바지에 까만 농구화 차림이다.

"이 공원에서 개가 사라졌지요. 아침저녁으로 개와 함께 조깅하는 것을 알고, 훔칠 기회를 노렸던 겁니다."

"나무가 많은 이런 공원에 자주 나오십니까?"

"나는 시노부 씨랑 사쿠라코와 이 공원에서 자주 시간을 보내곤 했어요. 그네도 타고 철봉도 하고……."

오두막을 감시했던 일전의 그 장소에 도착하니 오전 5시였다. 동쪽 하늘이 어렴풋하게 밝아지는 무렵이다. 오두막의 종잇조각에 적힌 3시란 아마도 오후 3시일 것이다. 오전 3시는 아직 캄캄해서 뭘 하려 해도 어렵다. 만물이 고요히 잠든 한밤중이라 도리어 눈에 띈다.

---

59) 로즈버드는 일본어로 '로즈밧도[ローズバッド]'라 읽으며, '배드(bad)'의 일본식 발음 또한 '밧도[バッド]'다.

오후 3시가 되려면 상당히 남았지만, 날이 밝자마자 개를 오두막 밖으로 꺼내 옮길 수도 있다고 여겼기에 지금 시간에 온 것이다.

"모터보트는 준비해두었습니다. 고마쓰가 네야가와에서 대기 중입니다."

덴도가 말했다.

"뭐든지 해내는 사람이로군요. 전에는 무슨 일을 했던 사람입니까?"

"뭐든지 하지 않았을까요? 고마쓰가 안 하는 건 약한 사람을 괴롭히는 일 정도니까요. 필요하다면 한국 해군의 포함이라도 훔쳐올 겁니다."

우리는 보온병에 담긴 뜨거운 커피를 마시고, 손을 비비며 추위를 견디고 있었다. 히터를 틀어 배기가스를 요란하게 내뿜었다가 눈에 띄게 될까 봐 경계해서였다.

"덴도 씨, 쓸데없는 참견이겠지만, 시노부 씨에게 당신 마음을 전하셨습니까?"

덴도는 허를 찔린 듯 순간 딱딱하게 굳었다.

"쓸데없는 참견입니다."

나는 얻어맞는 걸 각오하고 말했다.

"한 걸음 더 다가서서, 그녀를 도와주라고 하면 화낼 겁니까?"

덴도는 턱에 한 방 얻어맞기라도 한 듯 주춤했다.

남자 둘이서, 아무 말 없이 차에 앉아 있었다. 정오를 조금 지났을 무렵, 왜건 한 대가 오더니 어제처럼 오두막 문짝 가까운 곳에 멈추어 섰다.

"왔군."

우리는 상체를 일으키고 지켜보았다.

세 마리의 개가 내몰리듯 왜건에 올랐다. 왜건은 개를 태우자마자 출발했다.

조금 거리를 두고 따라갔다. 왜건은 이카이노신바시에서 멈추었다. 예상했던 대로 강가에 작은 배가 정박해 있었다. 왜건에서 내린 남자 하나가 다리 난간에 줄사다리를 걸치고는 작은 배에 올라탔다. 남은 두 명이 왜건에서 종이상자를 꺼내 배에 있는 남자에게 떨구었다. 작은 배는 시동을 걸고 북쪽을 향해 올라갔다.

나는 왜건을 내버려두고 네야가와 방면으로 길을 서둘렀다. 막히는 시간대를 피할 수 있었다. 히라노가와와 네야가와가 합류하는 지점에 이르렀다. 내 차 쪽이 작은 배보다 빨랐던 모양이다. 강기슭의 난간에 바짝 붙여서는 차를 세웠다.

신시로미바시 아래에 모터보트가 정박해 있었다. 고마쓰가 얼굴을 내밀고 씩 웃었다. 고베에서 있었던 시합 이후 얼굴을 보는 건 처음이었다.

우리는 모터보트 위로 뛰어내렸다.

"탐정 양반. 단평선이 기다리고 있다네."

고마쓰가 턱짓으로 가리킨 부근에 '시리나시가와 자갈 채취사(社)'라고 지붕에 적힌 단평선이, 시동을 건 상태로 정박해 있었다.

고마쓰는 모터보트 안에서 풍로에다 숯불을 지피고 있었다. 숯불에 손을 쬐며 기다리고 있자, 이카이노신바시에서 출발한 작은 배가 나타났다. 단평선에 있던 남자 서넛이 작은 배에서 넘겨주는 종이상자를 건네받았다. 지붕에 깐 널빤지를 젖히고 화물을 내린 다음, 다시 널빤지를 덮고서 움직이기 시작했다.

단평선은 경쾌한 엔진 소리를 울리며 왼쪽 방향의 네야가와 위로 흘러갔다. 예전에 조폐국이 들어서 있던 자리를 통과했다. 전후에는 아파치 마을이라 불리며 이름을 떨쳤던 곳이다. 백귀가 횡행하던 그 옛날의 폐허는 흔적을 감추었고, 지금은 교통국 공장이 들어섰다고 고마쓰가 말했다.

고마쓰는 한쪽 손으로 모터보트 핸들을 쥔 채 풍로의 숯불로 말린 대구를 구웠다. 한 입 맛보라 권하기에 먹어보았다.

“업무 중에는 삼가지만, 여기에다 깍두기하고 목포의 물방울[木浦の雫][60] 소주만 있으면 다른 건 아무것도 필요 없다니까.”

단평선은 교바시 부근에서 일단 정지한 후 종이상자 두 짝을 더 실었다. 덴마, 기타하마, 요도야바시를 지나 미도스지를 가로질러 시리나시가와로 진입했다. 단평선은 뱃머리에 덴포마루[天保丸]라 적힌 99형 기범선에 뱃전을 댔다.

“가볼까요.”

나는 덴도를 향해 말했다. 덴도는 고마쓰에게,

“고생했어. 이제부터는 우리 둘이 해결하지.”

라고 말했다. 고마쓰는 뭔가 재밌는 일이 벌어질 모양인데, 라고 하면서 보트를 덴포마루에 가까이 대주었다.

나는 조와 함께 기범선에 뛰어올랐다.

가장 먼저 코를 찌른 건 이상한 냄새였다. 조타실에 있던 남자 셋이 홱 돌아보았다. 예기치 못한 침입자를 보고 순간적으로 깜짝 놀란 듯했으나, 금세 자리에서 일어섰다.

“네놈들은 누구냐!”

---

60) 한국을 원산지로 하는 25도짜리 소주이며 일본 내에서 판매되고 있다.

작업복 차림의 남자가 기름에 까맣게 전 목장갑을 낀 채로 내 가슴팍을 밀치려 했다. 몸을 비틀어 피하면서 남자의 오른팔을 쥐고 관절을 반대 방향으로 꺾었다. 남자는 관절이 탈구되자 소리를 질렀다.

미군 전투복을 입은 남자가 스패너를 휘두르며 덴도에게 덤벼들었다.

바람을 가르며 덮쳐드는 스패너를, 덴도는 몸을 살짝 움직여 피하는 것과 동시에 짧은 스트레이트를 남자의 턱에 날렸다. 남자는 뒷걸음질 치며 쓰러졌고, 머리를 부딪치고는 정신을 잃었다.

남은 한 사람이 긴 드라이버를 쥐고서는 덴도의 배를 향해 찌를 자세를 취하고 있었다. 덴도는 남자의 손목을 차올렸다. 드라이버가 떨어졌다. 덴도는 남자의 무릎을 걷어찼다. 풀썩 무릎을 꿇은 남자의 얼굴을, 까만 농구화가 걷어찼다. 남자는 쓰러져서 일어나지 않았다.

관절이 탈구된 남자가 몸을 일으켰다. 왼손에 날이 기다란 나이프를 쥐고 몸을 둥글게 말고서는 나를 향해 돌진했다. 허리후리기로 남자를 내리꽂았다. 나이프를 낚아챈 다음 팔뚝을 수도(手刀)로 쳐서 뼈를 부러뜨렸다.

이변이 생겼다는 것을 눈치챈 남자 두 사람이 선실에서 나와 모습을 드러냈다. 나머지는 덴도에게 맡기고, 나와 조는 선실로 들이닥쳤다. 강렬한 악취로 가득했다. 열대여섯 마리의 사냥개가 묶여 있었다. 쪼그려 앉아 쉬고 있던 남자 둘이 일어섰다.

하나같이 범죄자 특유의 긴장감이 몸에 배어 있었고, 만일의 사태를 위한 대비를 갖추고 있었다. 끄트머리를 날카롭게 만든 길이 50센티미터 정도의 철봉을 들고 후려칠 기세로 덤벼들었다. 조가 뛰어올라 손목을 물었다. 남자는 비명을 지르며 철봉을 떨어뜨렸다.

길이가 30센티미터 정도 되어 보이는 나이프를 쥔 남자가, 동료의 손목을 물고 매달린 조를 찌르려고 나이프를 겨누었다. 나는 철봉을 주워들며 아래에서 위를 향해 남자의 팔을 쳤다. 단박에 뼈가 부러졌다.

칼자루를 보니 사슴뿔과 비슷하게 보이도록 동물 뼈에 칼집을 내고 색을 입힌 싸구려였다. 보통은 이 칼자루 속에 접을 수 있게 되어 있는 칼날이 들어 있으며, 펼치면 나이프는 두 배 길이로 늘어난다. 동남아시아에서 제작되는 것으로, 싸울 때 쓰는 흉기다. 나는 나이프의 칼날을 신발로 밟아 두 동강을 낸 다음 철봉을 선실 구석에 던져버렸다.

조는 손목을 물고 늘어진 상태로 남자를 잡아끌어 넘어뜨렸다. 늑대 같은 짐승이 덮쳐누르자, 남자가 공포에 찬 절규를 터뜨렸다.

묶여 있는 개들을 눈으로 재빨리 훑었다. 온몸이 갈색 털로 덮인 체서피크가 있었다. "오델로" 하고 부르니 노란 눈으로 이쪽을 보며 꼬리를 두세 번 흔들었다.

안쪽에 있는 선실에서 남자 하나가 뛰쳐나와 뱃고물로 냅다 달려갔다. 물소리가 크게 났다. 바다에 뛰어든 것이리라.

열여섯 마리의 개에게서 풍기는 체취와 오물 냄새, 남자들의 땀과 기름 냄새, 생선의 내장과 김치 냄새……. 나는 널빤지 조각으로 선실 창문을 깨부수었다. 바다 냄새와 바람이 훅 불어 들어왔다. 선실 천장에 난 창문도 깼다. 배가 밝아졌다.

덴도가 선실로 여유롭게 들어왔다.

"오델로가 있더군요."

나는 손으로 가리키며 말했다.

"오델로! 살아 있었구나!"

덴도는 무릎을 꿇고 오델로를 끌어안고는 온몸을 여기저기 쓰다듬었다. 오델로는 자기 몸을 덴도에게 부딪치며 기쁨을 드러냈다. 덴도는 나를 올려다보며 말했다.

"다행입니다. 마르긴 했지만 무사해요."

덴도는 스위스 아미의 폴딩나이프로 오델로를 묶어둔 줄을 뚝 끊었다.

보석상 가네다의 세터인 진저도 있었다. 흰 바탕에 노란 반점이 있는 털 모양을 보니 진저임이 분명했다.

엔진 소리가 들리지 않는다는 사실을 깨달았다.

"배가 멈췄어요."

"아아, 내가 부쉈습니다."

"남자 둘은 어떻게 하고?"

"겸사겸사 부쉈지요."

덴도는 천연덕스럽게 대답했다.

"그것보다, 댁 파트너가 남자를 먹어치우고 있는데?"

남자의 가슴팍에 앞발을 올리고서 목을 물고 있는 조에게 "조, 놔"라고 명령했다. 조는 마지못해 먹잇감을 풀어주었다. 침이 남자의 목에 떨어졌다.

"저렇게 썩은 걸 먹었다간 배탈 난다."

남자는 비틀거리며 몸을 일으켰다. 창백했다. 손목을 누르며 한국어로 무슨 말인가를 거듭 되풀이했다. 피를 멎게 해달라는 말인 것 같았다. 나는 낡았지만 깨끗한 수건을 던져주었다.

"직접 해."

선실 입구에 남자 하나가 모습을 드러냈다. 누군지 보니 고마쓰였다. 물에 홀딱 젖은 남자를 뒷짐 지워 꽁꽁 묶은 상태로 끌고 와 있었다. 덴도가 깜짝 놀라 말했다.

"뭐야, 돌아간 거 아니었어?"

"엔진이 말을 안 들어서 말이야."

"그 녀석은 뭐야?"

고마쓰는 치아를 드러내며 웃었다.

"바다에 몸을 던져 자살을 꾀한 남자를 살려줬거든."

"그런 일이 있었구먼. 인명을 구조했으니 표창 받겠는데."

남자는 통신사였다. 비전투원은 통신사 하나뿐이었다. 통신처는 본거지이리라.

"결국 절도단을 일망타진하고, 도둑맞은 개들도 모두 구출했군."

"우리가 멋지게 해냈습니다."

덴도가 주먹을 풀며 말했다.

"그렇소. 무엇보다 아무도 다치지 않고 끝났지. 이보다 더한 성공은 없을 겁니다."

덴도는 개들을 둘러보며 말했다.

"하지만 뒷일이 보통 아니겠는데. 이 개들을 다 어떻게 하지? 경찰서에 갖다 줘봤자 시끄럽게 캐묻기나 할 테고 말이야."

"어쩔 수 없군요. 노세에 데리고 가서 한동안 마당에서 키워야겠어요. 사냥동호회를 통해 주인을 알아낸 다음 와서 데려가게 하는 수밖에는."

"마당이 그렇게나 넓다고?"

"3만5천 평짜리 마당이지요."

7

사흘 정도 지나고 가루눈이 흩날리던 날, 덴도가 찾아왔다. 렌터카를 빌렸다고 했다. 덴도는 가족도 없고 집도 없다. 하나의 여행이 끝나면 또 다른 여행을 떠나듯 시합이 열리는 곳을 따라 발걸음을 옮기는 까닭에 셋집을 빌려 산다. 차도 가지고 있지 않다.

"대체 어디부터 어디까지가 댁네 토지야?"

"시야에 들어오는 건 전부. 이미 짐작은 했겠지만."

"대지주잖아."

"보잘것없는 탐정이 내 생업입니다."

덴도는 처음 만났을 때 말했던 요금인 40만 엔을 가지고 왔다.

"당신과 내가 함께 되찾은 개입니다. 돈을 받을 상황이 아니에요."

"그런가. 당신은 한 번 입 밖으로 꺼낸 말은 물리지 않는 남자이니, 그럼 개를 찾아내기까지의 요금인 10만 엔은 받아주시오."

덴도는 10만 엔을 책상 위에 두고, 나머지는 주머니에 찔러 넣었다.

"시노부 씨와 사쿠라코는 기뻐했겠지요?"

"아아, 물론 기뻐했지요."

덴도의 얼굴에, 어딘가 석연치 않은 기색이 비쳤다.

"왜요, 무슨 일이라도 있었습니까?"

"어, 좀……. 시노부 씨의 어머니가 위독하셔서. 몸져누우신 채 줄곧 그런 상태였다고 하더군요. 시노부 씨는 어젯밤에 나가노로 갔습니다."

"걱정되겠군요."

그렇게 말하는 것 외에 달리 할 말이 없었다.

창문 바깥은 설경(雪景)이었다.

"본격적으로 내리기 시작하는군요. 오늘 밤은 자고 가요."

체인도 빌려 왔다고 하면서, 덴도는 돌아갔다.

이런 남자가 세상에 또 있을까. 타인의 어머니가 위독하다는 이유로, 저토록 걱정하다니.

개들을 데려온 다음 날, 나는 쓰루하시의 보석점에 진저를 데리고 갔다. 기쁨에 찬 가네다는 내 두 손을 꼭 잡고 감사의 인사를 했다. 나를 남겨두고 안으로 들어갔다가 금세 나왔다. 놀랍게도, 50만 엔을 현금으로 치르려고 했다.

"저는 당신의 의뢰를 수락한 적이 없습니다."

"하지만 이렇게 진저를 찾아주었지 않습니까. 나는 상인입니다. 약속은 지키지요."

나는 고마운 뜻을 표하며 돈을 받았다.

"그런데 가네다 씨. 저는 보석이 어울리지 않아서……."

"하하하, 그런 모양이더군요."

가네다는 덧붙였다.

"꿩 사냥하러 한번 같이 갑시다. 진저의 재주를 보여주고 싶으니."

"좋지요, 기대되는군요."

애견을 찾으러 노세까지 온 주인들은, 그간 포기하고 있었던 만큼 개를 되찾은 게 믿기지 않는다며 눈을 반짝였다. 하나같이 얼마간의 사례금을 두고 갔다. 그러려던 건 아니었으나, 주는 돈은 받아두었다.

예상하지 못했던 돈이 생기자 엄청난 부자라도 된 듯한 기분이 들었다. 살짝 사치를 부려보자는 생각에 아침 식사용 달걀프라이에 쓰는 달걀의 수를 네 알로 늘렸다. 조에게는 커다란 버드와이저 캔 맥주를 대접했다. 이 녀석은 캔 맥주라면 사족을 못 쓰는데, 그중에서도 버드와이저를 좋아하는 것 같다.

사냥동호회 회장인 기무라 옹에게 전화하여 감사의 뜻을 표했다.

"세상에, 요즘 평판이 자자해. 다들 자네를 가리켜 명탐정이라고 하지 뭔가. 그 있잖은가, 뭐라더라……. 맞다, 셜록 홈스 같다고들 이야기해."

나라 오야규의 히우치에게 전화했다.

"네가 준 힌트 덕분에 사건을 해결했어. 도둑맞은 개들은 모두 돌려줬고. 그리고 절도단 멤버 여덟 명에게는 두 번 다시 험악한 일을 할 수 없게끔 따끔한 맛을 보여줬지."

"제법인데! 역시 너야."

"고마워."

"그래서 그놈들은 어쨌는데?"

"한 사람씩 추궁해서 본거지를 자백하게 했지. 보스의 이름을 알고 있는 자도 있었고. 사냥동호회 본부에서 사무 일을 보는 여자가 돈을 받고는 명부를 팔아넘겼다는 사실도 알아냈어. 그런 다음 놓아줬지."

"콱 죽여 버린 다음 구덩이에다 묻었다면 좋았을걸."

히우치는 무슨 생각을 한 건지, 근심 어린 목소리로 말했다.

"이봐, 저쪽은 그만큼 타격을 입었단 말이야. 놈들이 가만히 있을 것 같아? 앙갚음이라도 할 요량에 살인 청부업자를 보낼지도 몰라. 조심해야 해."

"살인 청부업자가 온다면 구덩이에 묻어주지."

덴도에게서 전화가 왔다.
"고마쓰가 개를 싣고 예항(曳航)해 온 기범선을 어떻게 할까 물어보더군. 내가 때려 부순 부분을 수리한 모양이오."
"어차피 훔친 거였거나 아니면 한국에서 타고 온 배겠지요. 고마쓰 씨 좋을 대로 하는 편이 어떨까 하는데. 무엇보다 그 배는 상당한 수준으로 소독해야 쓸 수 있을 겁니다."
"어, 그렇게 한 것 같소. 고마쓰는 그 배를 타고 절도단의 본거지로 원정을 떠나겠다고 하더군요. 스트리트 파이터 꿈나무를 데리고 혼내주러 간다면서 모모타로[桃太郎][61] 같은 소릴 늘어놓지 뭐요. 파이터 연수라나 뭐라나, 그러면서 나를 강사로 고용하겠다는군."
진심으로 하는 말일까.
이 두 사람은 일할 때는 무적이지만, 평소에는 대체 무슨 생각들을 하는 것인가.

그로부터 며칠 후 덴도에게 생각난 것이 있어 전화했다.
"덴도요."
수화기 너머의 목소리는, 로봇처럼 건조했다.
"류몬입니다. 잠깐 생각난 게 있어서 전화했습니다."

---

61) 일본의 전래동화 속 주인공으로, 모모타로 이야기는 출전에 따라 조금씩 다른 구석이 있으나 커다란 줄거리는 다음과 같다. 어느 날 어떤 여인이 강물에 떠내려가는 복숭아를 발견하고 집으로 가지고 온다. 복숭아 속에서 아이가 나오자, 여인과 그 남편은 아이에게 모모타로라는 이름을 지어주고 키운다. 몇 년 후 모모타로는 악행을 일삼는 오니[鬼]를 격퇴하러 떠난다. 도중에 개와 원숭이, 꿩을 만나고, 이들과 함께 성공적으로 오니를 무찌른 뒤 고향으로 돌아와 행복하게 살았다는 이야기다.

수화기에서는 응답이 없었다.

"말하기 좀 어색하지만, 크리스마스는 여기서 보내지 않겠습니까? 시노부 씨와 사쿠라코, 그리고 오델로가 산속에서 크리스마스를 보내게 하면 어떨까 싶어서요."

어찌 된 영문인지 아무 반응이 없다.

"근사한 전나무를 하나 베어두었습니다. 예전에 딱 한 번 썼던 전구 장식이 있어요. 크리스마스 전날에 이리로 데려와서, 여성분들에게 트리 장식을 맡기는 겁니다. 칠면조를 낼 수는 없는 노릇이니 멧꿩 아니면 자고새를 두세 마리 잡아놓겠습니다……. 어쩌면 화이트 크리스마스가 될지도 모르고요."

아무 말 없이 침묵하고만 있는 상대에게, 화가 치밀었다.

"이봐요, 듣고 있습니까? 듣고 있다면 대답 정도는 하시지그래."

"아, 듣고 있어요. 미안합니다……. 고맙소. 하지만 그럴 수 없게 됐어요."

"어째서요? 무슨 일이라도 있었습니까?"

덴도는 신음을 흘렸다.

"아직 아무것도 모르는 모양이군요."

목이 멘 듯했다.

"내 입으로는 말 못하겠습니다. 이해해주시오……. 신문을 봐줘요."

전화는 끊어졌다.

이 산속의 집에는 신문도 텔레비전도 없다. 체인을 싣고 차를 몰아 마을로 내려갔다. 신문사 지국으로 가서 최근 일주일 치 정도의 신문을 철한 파일을 보게 해달라고 부탁했다.

날짜를 역순으로 하여 한 장씩 꼼꼼히 들여다보았다. 불안함과 초조함이 겹쳤다.

닷새 전 사회면의 기사를 보고 가슴이 덜컥 내려앉았다. 아시다 시노부라고 인쇄된 활자가, 급속도로 커지더니 내 눈 속으로 파고들었다. 대규모 상사회사인 M의 경리부에서 근무하던 아시다 시노부가 회사 12층 옥상에서 투신자살했다고 적혀 있었다. 시노부 씨의 몸은 거꾸로 떨어져서, 보도에 조경된 나무들 사이로 처박혔다. 빽빽하게 자란 서향 나무 사이로 두 다리만이 나와 있었는데도, 아침저녁으로 그곳을 지나다니는 수천 명이나 되는 직장인들 그 누구도 알아채지 못했다. 신문 발행일을 기준으로 그날 아침에 조깅하던 사람의 셰퍼드가 알아차렸다. 시노부 씨는 몸져누워 있던 어머니에게 계속 돈을 보내고 있었으나 어머니가 죽자 살아갈 의미를 상실한 것이라 보인다, 라는 기사였다. '효녀의 애처로운 죽음'이라는 기사 제목이 달려 있었다.

파일을 든 손이 부들부들 떨렸다. 이, 이 무슨 지독한 일이란 말인가……. 대관절 신이, 부처가, 존재하는가!

망연히 거리를 걷고 있던 나는, 눈에 띈 찻집에 들어가 커피를 주문했다. 마음을 가라앉히려고 했다. 커피도 맛이 없었지만, 화려한 싸구려 찻잔에 화가 났다.

짙은 화장을 한 젊은 여자들이 하나같이 머리카락을 만지작거리며 웃고 떠드는 중이었다. 시류에 편승하여 영혼 없이 떠다니는 허울뿐인 여자들. 세상이 이러하건만, 검소하고도 야무지게 필사적으로 살아온 시노부 씨 같은 여자가, 어째서 그런 죽음을 맞이해야만 하는가.

덴도의 아파트를 찾아갔다. 면도를 하지 않아 수염이 멋대로 자라

난 얼굴로 덴도가 나왔다.

"공원에서 이야기하지 않겠습니까."

나는 말했다. 지금은 찻집이든 호텔이든 가고 싶어 하지 않으리라고 생각해서였다.

덴도는 고개를 끄덕인 뒤 말없이 걷기 시작했다.

"신문 봤습니다."

더는 말할 수 있는 게 없었다. 무슨 말을 한다 한들 공허할 것 같았다.

겨울 초입의 강한 바람이 부는 공원에는 그림자 하나 얼씬하지 않았다. 우리는 벤치에 앉았다.

"사쿠라코와 오델로는 어떻게 됐습니까?"

"돌아가신 시노부 씨의 어머니와 사쿠라코의 어머니 사이에 한 사람이 더 있더군요. 세 자매였소. 그러고 보면 시노부 씨는, '이즈[伊豆] 이모'라고 부르면서 자주 이야기했었지요. 그분은 유복하게 살고 있지만 아이가 없습니다. 옛날부터 시노부 씨를 예뻐했었던 모양이고. 그분이 사쿠라코와 오델로를 함께 거두어주셨소."

두 사람은 아무도 없는 공원을 바라보았다.

"내게 한 걸음 더 다가서라고 했지 않았습니까. 그러질 못했소."

"나도 마찬가집니다. 타고났지."

얼굴을 마주 보며 옅은 웃음을 지었다.

나는 옷깃을 세우고 중얼거렸다.

"춥군요."

덴도는 턱짓으로 가리키며 말했다.

"둘이서, 저 그네를 자주 탔었소. 그 사람은, 당신이 타면 그네가 끊어지는 거 아니냐며 놀려댔고. 그녀는 그네를 타면서 자주 노래를 했었소. 가늘고 고운 목소리로 곧잘 불렀지."

사진조차 본 적도 없는 시노부라는 여자와 악역이라 불리는 레슬러가 나란히 그네를 타며 노는 모습이 눈앞에 아른거리는 듯했다.

마른 잎이 흩날리며, 어두운 하늘에서 가루눈이 내렸다. 눈발이 굵어지겠구나, 하고 생각했다.

텐도가 노래를 부르고 있다는 것을 깨달았다. 낮은 목소리로 노래하고 있었다.

생은 짧으니 사랑하라 처녀여
붉은 입술이 바래기 전에
뜨거운 피가 식기 전에
내일의 시간은 소용없어라[62]……

---

62) 1915년에 발표되어 한 시절을 풍미한 유행가, 〈곤돌라의 노래〉 중 첫 번째 소절이다. 구로사와 아키라[黒澤明] 감독의 영화 〈이키루〉(1952)에도 삽입되었다.

■ 역자 후기

〈사냥개 탐정〉은 간암으로 투병 생활을 이어가던 작가, 이나미 이쓰라가 세상을 떠난 직후에 간행된 유고집이다. 이나미 이쓰라에 대해서는 〈세인트 메리의 리본〉 후기를 빌어 간략하게 훑었으므로, 이번에는 〈사냥개 탐정〉의 메인 캐릭터이자 이나미 이쓰라가 창조한 '산속의 필립 말로'인 류몬 다쿠를 중심으로 이야기해보고자 한다.

류몬 다쿠. 30대 중반의 독신으로, 일본인 아버지와 한국인 어머니 사이에서 태어났다. 도쿄에서 나고 자랐으나 할아버지부터 효고 현에 가까운 오사카 북서부 끄트머리에 자리한 산림 3만5천 평을 상속받은 후 그곳에 자리를 잡고 산다. 신장 180센티미터에다 몸무게 72킬로그램의 건장한 체격으로, 배짱과 완력은 물론이며 높은 긍지와 직업적 사명감을 갖고 있다. 기본적으로는 무뚝뚝하지만, 강자에게는 끝없이 강하고 약자에게는 하염없이 다정하다. 또한 타인의 친절에 대해서는 최대한의 성의로 갚는다. 늑대처럼 생긴 사냥개 조를 파트너로 삼아 어디든 함께한다. 그리고 그의 직업은 실종된 사냥개 찾는 일을 전문으로 하는 '탐정'이다.

'신용정보의 이용 및 보호에 관한 법률'로 탐정업 자체가 금지되어 있는 한국과 달리, 일본은 '탐정업무의 적정화에 관한 법률(探偵業の業務の適正化に関する法律)'에 의거하여 '탐정'이라는 이름으로 정식 의뢰를 받아 업무를 처리하며

살아갈 수 있는 나라다. 우리에게야 탐정이란 그저 가공의 세계에 머무는 존재이지만, 일본에서는 (그들의 실제 업무 수행 내역이야 어찌 되었건) 현실 속 사회 구성원의 일부다. 내 이웃이, 혹은 친구가, 탐정일 수 있는 것이다. 탐정을 주인공으로 한 소설과 만화, 드라마 등이 인기를 끄는 것도 어느 정도는 그럴만하겠거니 싶다.

그렇다고는 해도, 사냥개, 그것도 실종된 사냥개 찾기를 전문으로 하는 탐정은 무척 생경하다. 일단 '탐정'만 해도 그러하건만 '사냥개'도 낯설긴 매한가지인데, 이 소설에 등장하는 사냥개란 '본디 사냥개로 태어났으되 여느 반려견과 다를 바 없이 지내는 개'가 아니라, '진짜 사냥을 하게끔 길러지고 훈련받은, 그리고 실제로 사냥에 투입되는 개'다. 적어도 평범한 사람들의 일상에서는 거의 마주칠 일 없는 존재 아니겠는가. 탐정도, 진짜 사냥개도, 그리고 그 사냥개만을 찾는 탐정도. (이제 와 솔직히 말하자면 처음 이 책의 제목만 봤을 때 '사냥개'가 '탐정' 역할을 하는 이야기인 줄 알았다. 민망하게도.)

〈세인트 메리의 리본〉과 이 책 〈사냥개 탐정〉의 주인공인 '류몬 다쿠'는 바로 그 사냥개 실종 등을 의뢰받는 사냥개 전문 탐정이다. (사라진 사냥개 수색 의뢰로도 모자라 맹도견, 순록, 말을 찾아 곳곳을 누빈다.) 소설 안에서도 사건 의뢰인들조차 류몬의 직업을 신기해하고, '과연 먹고살 수는 있는지' 궁금해한다. 또한 본인마저 '당신 같은 사람이 또 있겠는가' 하는 질문에 '전혀 없다'라고 할 정도다.

하지만 그가 하는 일을 제외하면, 류몬 다쿠의 거주지를 비롯한 각종 설정과 도구들은 사실을 바탕으로 하여 무척 섬세하게 정리되어 있다. 류몬이 주로 활동하는 효고와 오사카 일대의 풍경 묘사도 꼼꼼하기 이를 데 없다. '기타와 사냥개'에서 오사카 번화가를 돌아다니는 장면이 그 예 중 하나일 수 있을 텐데, 여정이 잘 정리된 여행 에세이라도 읽는 듯한 느낌이다. 〈세인트 메리의 리본〉에 수록된 '하나미가와의 요새' 또한, 환상성이 가미된 이야기와는 대조적으로 토치카 안팎의 풍경 묘사 등과 같은 각종 장치가 정교한 까닭에 독자로 하여금 이야기에 빠져들 수 있게 만들지 않았던가.

밀리터리와 사냥에 대한 해박한 지식, 현장감 넘치는 사냥 묘사도 현실성을 공고히 하는 데 한몫한다. '사이드킥'에서 그리는 멧돼지 사냥, '악역과 비둘기' 도입부에 나오는 새 사냥 등의 장면을 읽다 보면, 갓 죽은 동물의 비릿한 피비린내가 어디선가 나는 듯하다. '아침 식사로는 10년 동안 한결같이 뜨거운 홍차 두 잔, 노릇노릇하게 구운 토스트 두 쪽, 달걀 프라이 세 쪽, 그레이프프루트 반 개, 오렌지주스 한 잔'이라는 식의, 식탁 차림새 묘사 또한 허투루 넘어가지 않는다. (특히 '기타와 사냥개'에서 류몬이 볶음밥을 만드는 장면은 일품이다.) '인간이 아닌 동물을 찾는 탐정'에 사실적인 입체감을 부여하기 위하여, 그 외의 영역에 치밀한 공을 들인 게 아닌가 싶었다.

바로 이러한 지점에서 〈사냥개 탐정〉만의 재미와 개성이 생겨난다. 만일 이들 기반이 탄탄하지 못했다면, 류몬 다쿠의 이야기는 허무맹랑하고 엉성한 소설에 그쳤을지도 모른다. 하지만 비현실적인 요소들이 류몬 다쿠라는 독특한 캐릭터와 더불어 지극히 사실적인 묘사와 설정에 녹아듦으로써 '어른을 위한 환상 동화이자 사냥 소설'이 비로소 완성된다. 일본의 시인인 고하라 히로시는 "이나미 이쓰라가 등장하기 전까지, 일본에 '사냥 소설'이라는 표현은 존재하지 않았다. 이나미 이쓰라가 세상을 떠난 후, 그것은 작가의 이름과 함께 기억될 장르의 명칭으로 자리 잡았다. 사냥 작가 이나미 이쓰라와 사냥개 탐정 류몬 다쿠는 영원히 불멸할 것이다."라며 찬사를 보내기도 했다.

아울러 〈세인트 메리의 리본〉 후기에서도 썼지만, 이번 〈사냥개 탐정〉을 옮기면서는 이나미 이쓰라와 한국과의 관계에 대해 가졌던 생각에 좀 더 무게가 실리게 됐다. 그저 조심스럽게 짐작해볼 따름이나, 아마도 그는 단순한 호의 이상으로, 한국과 상당히 특별한 인연을 맺고 있지 않았을까 싶었다. 〈세인트 메리의 리본〉과 〈사냥개 탐정〉에 두루 삽입된 한국적 요소들(이를테면 중요한 조연인 김계화 등)도 그렇거니와, 이 책의 마지막에 수록된 작품 '악역과 비둘기'(비록 한국으로의 동물 밀수를 다루고는 있으나, 소설이 쓰인 시기를 고려한다면, 한국에 대한 편견이 있어서라기보다는 빠른 경제성장에 힘입어 한국도 일본과 견줄 만큼 부유해지고 있음을 드러내고 싶었던 게 아닌가 한다.)에서 연이어 사라지는 사냥개들을 찾아내기 위해 '이카이노' 일대를 뒤지는 장면들이 무척 인상적이었다. 재일 한국인들이 모여 사는 동네. 한국인과 일본인이 자연스럽게 뒤섞여 함께 살아가는 곳. '어머니'라 부르는 여주인이 운영하는 작은 찻집……. 게다가 수색의 중요한 포인트로 제시되는 '히라노가와'는 원래 '구다라가와'라 불렸던 강으로, '구다라'는 '백제(百濟)'를 뜻한다. (오사카를 비롯한 주변 지역은, 오래전 일본으로 건너간 한반도 사람들이 정착한 곳이라고 한다.) 삶이 다해가는 와중에도 이러한 요소들을 소설 안에 담아내며 집필을 이어갔을 작가의 모습을 상상하면, 다소 숙연해지기까지 한다.

〈세인트 메리의 리본〉은 '서른두 살의 나이로 요절한 내 어머니, 기미코에게'라는 헌사로 시작된다. 그리고 소설 안에서 류몬 다쿠는 본인의 어머니 또한 서른둘에 세상을 떠났다고 말한다. 다소 섣부른 비약이나, 자기 자신만의 원칙을 관철하며 살아가는 '산속의 필립 말로'는 이나미 이쓰라 자체이자 그가 살고자 했던 이상(理想)은 아니었을까.

2015년 가을

신정원

사냥개 탐정

1판 1쇄 발행 2015년 12월 21일

지은이 이나미 이쓰라
옮긴이 신정원

발행인 박광운
편집인 박재은

발행처 도서출판 손안의책
출판등록 2002년 10월 7일 (제25100-2011-000040호)
주소 서울 강북구 도봉로 101길 33-11, 303호 (수유동, 현대쉐르빌)
전화 02-325-2375 팩스 02-6499-2375
카페 http://cafe.naver.com/bookinhand
이메일 bookinhand@hanmail.net

ISBN 979-11-86572-03-0 03830

정가는 뒤표지에 있습니다.
파본이나 잘못된 책은 구입하신 곳에서 교환해 드립니다.

* 이 도서의 국립중앙도서관 출판예정도서목록(CIP)은 서지정보유통지원시스템 홈페이지(http://seoji.nl.go.kr)와 국가자료공동목록시스템(http://www.nl.go.kr/kolisnet)에서 이용하실 수 있습니다.(CIP제어번호: CIP2015026893)